# VIP
## Very Important Person


初出

| | |
|---|---|
| VIP | 2005年5月5日 |
| VIP 棘 | 2005年10月5日 |
| VIP 蠱惑 | 2007年3月5日 |
| VIP 瑕 | 2008年5月2日 |
| VIP 刻印 | 2008年11月5日 |
| VIP 絆 | 2009年9月4日 |
| VIP 蜜 | 2010年3月5日 |
| VIP 情動 | 2012年5月2日 |
| VIP 聖域 | 2014年1月6日 |

イラスト／佐々成美

# VIP
# 残月

高岡ミズミ

white heart

講談社X文庫

# 目次

イラストレーション／佐々成美《さっさなるみ》

VIP
ブイアイピー

残月
ざんげつ

# 1

心地よいぬくもりに包まれて、穏やかな時間が流れていく。

明るく、白い部屋で談笑しているのは異母弟の孝弘《たかひろ》と、一時期ともに暮らしたことのある聡《さとし》だ。

血というのは侮れない。家族を捨てたはずの自分が、孝弘と会った瞬間に特別なものを感じた。

聡は、傷ついて路上で座り込んでいたところを自宅に連れ帰った。ほんの気まぐれだったので、すぐに出ていかせるつもりだったのに、気づいたときにはかけがえのない存在になっていた。

当時はまだ顔を合わせたことのなかった孝弘より、自分にとっては大事な家族だった。が、聡自身が選択して母親のもとへ帰ってしまった。寂しい気持ちはあるものの、なるべくしてなったのかもしれないといまは思えるし、聡の幸せを心から願ってもいる。

それゆえ孝弘と聡は、無条件で愛情を注げる稀有《けう》な存在だと言える。

ふたりはいつの間に親しくなったのかやけに愉《たの》しげで――接点はないため現実ではあり得ない――目の前の光景は夢だと承知で、自然に口許が綻《ほころ》ぶ。いったいなにがおかしいのかとふたりの会話に耳を傾けてみると、自分の名前が出てきて面食らった。

――和孝《かずたか》は一見気難しそうに見えるけど、心を許した相手に対してはわりと甘いよね。

ふふ、と聡が目を細める。

――あ、僕が道に迷ったときも一生懸命捜してくれました。

孝弘は大きな瞳《ひとみ》をきらきら輝かせて、笑顔で頷《うなず》いた。目の前で自分の話をされる気恥ずかしさから、和孝は顔をしかめる。

――和孝って、案外心配性だからね。

――僕、心配かけないようにしなきゃ。

聡と孝弘は波長が合うのだろう。ふたりともおっとりしていて、心根が優しい。和孝を見てくるまなざしにもあたたかな情が見て取れる。そんなふたりと同じ場所にいると、時間までゆっくりと進むような気がする。

こほん、と咳払《せきばら》いした和孝は聡に向き直った。

――孝弘はいいとして、聡、おまえ、のんびりしてていいのか？　大学に進学するって話はどうなってる？

きっと聡なら、どんな逆境にあっても決めたことはやり遂げるだろう。最後に会ったときの聡の表情はいっそ晴れ晴れとしていて、自分の足で立ちたいという強い意志に満ちていた。

——うん。頑張ってるよ。ちゃんと合格して、和孝に報告するから。

期待したとおりの返答に、満足して深く頷く。

——僕も、中学受験するんだ。合格したら、褒《ほ》めてくれる?

ばら色に頬《ほお》を染め、孝弘が身を乗り出してきた。

——もちろんだ。ふたりとも頑張れ。

深く頷き、ふたりの肩に腕を回した。孝弘と聡に挟まれて、このうえなく満ち足りた気持ちになりながら。

——お兄さん。

——和孝。

孝弘と聡が、同時に呼んでくる。ふわふわと雲の上でも漂っているかのような気分に浸っていた和孝に、ふたりは声を揃《そろ》えて同じ質問をしてきた。

——いま幸せ?

澄んだ四つの瞳に見つめられると、嘘《うそ》やごまかしは利《き》かない。はぐらかしたところで、すぐに気づかれてしまうだろう。なにより、和孝自身が正直に答えたかった。

——ああ、幸せだよ。

弟がいて、聡がいて、それから、人生を懸けてもいいと思えるひとの傍《そば》にいられる。これ以上の幸福はない。

「……すごく」

ぽつりと漏らした自分の声が耳に届いた途端、一瞬にして白い部屋は掻《か》き消《き》えてしまった。ふたりの姿も消え、そっと瞼《まぶた》を持ち上げた和孝の目に、見慣れた天井が映る。

人生を懸けてもいいと思えるひと――久遠《くどう》の寝室の天井だ。久遠に「傷痕見るか《きずあと》」と誘われて、仕事帰りにマンションに寄ったのだ。

結局、傷痕は確認できずじまいだった。久遠がシャツを脱ぐ頃には、和孝はすでにまともな状態ではなくなっていたし、事後は疲労と睡魔でそれどころではなかった。

そろそろ起きなければならない時刻にも拘《かか》わらず、いい夢を見たせいでベッドから出るのをもったいなく感じる。また瞼を閉じ、眠りの中に半身を残したままうつらうつらしていると、すぐ近くから少し掠《かす》れた低い声が耳に届いた。

「起きたんじゃないのか？」

唐突な問いかけに、反射的に顔を巡らせ背後を確かめる。

「……あれ？」

広いベッドにひとりだとばかり思っていたのに、なぜかそこにはまだ久遠がいて、自分を見ていた。

久遠は、ワイシャツにネクタイ姿だ。上着を羽織ればいつでも出かけられる服を身に着けベッドに横になっている。

本来はとっくに出かけたはずだった。眠気の中、久遠の「行ってくる」という一言を聞き、自分も「いってらっしゃい」と答えた記憶がおぼろげながら残っている。

いったいこれはどういうことか。

首を傾《かし》げたとき、久遠が自身の左腕を一瞥《いちべつ》した。

「これのせいで出かけられなくなった」

苦笑されるのは無理もない。久遠の左腕には自分の両腕が絡んでいる。がっちりホールドした状態だ。

「わ！」

慌てて腕を放したが、いったいなぜこんなことになったのか誰より和孝自身が驚いていた。無意識だからこそ自分の行動が信じられない。

「え……っと、ごめん。でも、なんで？」

決まりの悪さから、皺《しわ》だらけになった久遠のワイシャツを目に入れないようにする。それほど強くしがみついていた、その事実が恥ずかしくてたまらなかった。

「出かける前に声をかけた。いってらっしゃいと言われたが——腕を摑《つか》まれてしまった」

「…………」

ようするに、寝ぼけていたようだ。やけにあたたかかったのは久遠に密着していたためで、センチメンタルな夢を見てしまったのもそのせいだと思うと、すぐさま逃げ出したい衝動に駆られる。

「振り払えばよかったのに」

むしろそうしてほしかったと言外に込めた和孝に、ベッドから身を起こした久遠が肩をすくめた。

「あんな満足そうな顔でしがみつかれたら、こっちも動けなくなる」

満足そうなという一言にいっそう自己嫌悪に陥《おちい》り、舌打ちをした和孝は、まさか変なことを口走ってはいないかと恐る恐る久遠を窺《うかが》う。

「……寝言、なにか言ったりした？」

ネクタイを解き、ワイシャツの第一釦《だいいちボタン》を外す長い指を見ながら問うと、案の定、久遠の口角がわずかに上がった。

反応がそれだけなのがかえって気になる。腹の中で笑われるくらいなら、いっそ面と向かって揶揄《やゆ》されたほうがマシだ。

「なんだよ、はっきり言えばいいだろ。俺がもしなにか口走ったにしても、夢を見てただけだから」

勢いよくベッドから下りた和孝は、久遠の前に立つ。いまさら真っ裸を曝《さら》して照れるような仲でもないので、首にかかったままのネクタイを引っ張り、床へ放り投げた。

「というか、夢ですらないから」

自分でもめちゃくちゃだと承知の言い訳をし、身を翻《ひるがえ》す。

「シャワーすんだらご飯作る」

その足でシャワーブースに向かうつもりだったのに、久遠に阻まれた。腰に回ってきた腕にぐいと引かれ、鼻先が触れ合うほどの距離で見つめ合う。

「まさか、あの子らと同じ扱いをされるとは」

これ以上の言葉は不要だった。上唇を舌先ですくわれた和孝は、やはり寝言で名前を呼んだのかと顔をしかめる。しかも、きっちり三人分というのだから、もはや羞恥心《しゅうちしん》を通り越して呆《あき》れるしかない。この調子では、久遠に腹の中を全部曝け出してしまいかねなかった。

久遠の胸を両手で押し返して逃れる。いまはなにを言っても藪蛇《やぶへび》になりそうだったので、返答せず唇を引き結んでシャワーブースに飛び込んだ。

シャワーバルブを捻《ひね》り、熱い湯を浴びる。全身の力を抜くと、肌の上で跳ねる湯の感触に身体《からだ》が目を覚ますのを感じながら、また舌打ちをした。

不動清和会《ふどうせいわかい》の跡目騒動に決着がついて以降あまりに平穏で、気が緩んでいるようだ。いや、もしかしたら久遠が四代目にならず、ナンバー2の座におさまったことに対してほっとしているのかもしれない。

極道の世界を知らない自分であっても、トップとナンバー2のちがいくらい想像がつく。

不動清和会は、二万人の構成員を擁するとされる国内最大の組織だ。暴力団関係のニュースが報じられるたびに、組織名と会長の名前がセットで話題にのぼる。一般人ですら、一度ならず会長の顔を目にしたことがあるだろう。

なにより、危険度の差は大きい。三代目も二代目も、おそらく初代も命を狙《ねら》われた過去があるのだ。けっして口には出さないが、本音を言えば、久遠がこれ以上出世しなければいいと思っている。

結局のところ、自分は久遠に出会った瞬間から振り回される運命だと、半ばあきらめの境地にもなっていた。

出会いは、八年前。十七歳のときだ。

当時の和孝は父親と折り合いが悪く、派手好きな義母に対しては嫌悪感しかなかった。周囲への反抗心ばかり募らせていき、留学話が出たのをきっかけに着の身着のまま家を飛び出した。先のことなど考えていなかったし、野垂れ死にしてもしようがない、と思うほどには自棄《やけ》になっていた。

久遠に声をかけられたとき、危険な男だと察知していたのについていったのも、きっとそのせいにちがいない。もっとも久遠が布団に入ってきたとき、どうして抵抗しなかったのかと問われたら、自棄になっただけとは言《い》い難《がた》い。和孝は、自棄で同性と関係を持てるほど奔放な性格ではなかった。

いまでも、よく半年も続いたものだと思う。同居生活は居心地のいいものではなかったし、なにより久遠は女の匂《にお》いをさせながら平然と和孝を抱くような男だった。

最終的にやくざと知って逃げ出したものの、それだけが理由ではなかったような気がしている。当時はけっして認められなかったが。

とはいえ、久遠のもとを去ったおかげで宮原《みやはら》と出会えたのだから、あのときの選択はきっと正しかったのだろう。

最初に会ったときは、気さくな宮原がまさか高級会員制クラブのオーナーだとは思いもしなかったが、おかげで和孝は、『BM《ビーエム》』のマネージャーという誇りに思える仕事に就《つ》くことができた。

『BM』は、特権階級を対象とした完全会員制のクラブだ。厳しい審査を経た会員たちはみな財力も地位もある者ばかりで、過去には国を揺るがすほどの密談が『BM』で行われたと聞く。事実、つい先日もBMの一室で大きな取引がなされたことは、一部ではよく知られた話だった。

ようするに、BMの会員であることはそのまま彼らのステータスでもあるのだ。

だからこそ、久遠が宮原と知り合いだとは思わなかったし、ましてや再会するなんて——夢にも考えていなかった。

再会後は数々の危険に巻き込まれ、自分を振り回す久遠を憎んだときもあった。けれど、初めから結果は見えていた。どれほど足掻《あが》いても久遠を忘れられなかったのは、和孝自身が忘れたくなかったからなのだ。

「マゾだな、俺」

ため息混じりで呟《つぶや》き、シャワーを終えると、ラフなシャツとズボンを身に着けてリビングダイニングに顔を出す。ソファに腰かけて朝刊を読んでいる久遠には声をかけず、まっすぐキッチンへ向かった。

冷蔵庫に卵とロースハム、チーズがあったので朝昼兼用の食事はホットサンドに決める。アボカドサラダとコーヒーを出したら出来上がりだ。

自分が料理をする日がくるなんて思わなかったが、それ以上に意外なのは、久遠の部屋の冷蔵庫に食材が入っているという事実だ。いったい誰が買い物をしているのか知らないが——久遠本人でないのは確かだ——少し前まで冷蔵庫の中身はミネラルウォーターとアルコールだけだった。

変われば変わるもんだ、と苦笑する。

再会した当初は、現在のような関係になるなんて想像もできなかった。和孝は意地を張ることだけが自分にできる唯一のことだと思い込んでいたし、久遠は久遠で他人に合わせて考え方を変える人間ではなかった。

いま寄り添っていられるのは、周囲の人たちの支えがあったからだ。自分の置かれた状況を素直に受け入れられるようになり、そのおかげで和孝はずっと心の中にあった久遠への恋慕を認めることができた。

などと、本人を目の前にして思うのも変化のひとつだろう。久遠と一緒にいると息が詰まるからと早々に退散していた頃の自分が現状を知れば、きっとこれ以上ないほど驚くにちがいない。

「冴島《さえじま》先生、なにか言ってた?」

ホットサンドとコーヒーをテーブルに運ぶついでを装い、水を向ける。

冴島は、久遠の古い知己《ちき》であり、現在和孝が居候《いそうろう》している診療所の医師だ。一見柔和そうだが、なかなか一筋縄ではいかない肝の据わった老人で、久遠が全面的に信頼を寄せるのも頷ける。

BMからこのマンションに寄る日は久遠から連絡を入れてもらうようにしているのも、無鉄砲な孫同然らしい自分からより冴島も安心できるだろうと思ったためだった。

「特には」

久遠が短い返答をする。じつのところ、和孝にしても本題は他にあった。

「宮原さんからは? なにかあった?」

数時間前に会ったとき、宮原から礼を言われた。ありがとうという言葉をかけられること自体はそうめずらしいことではないものの、今日は宮原の様子がいつもとちがって見え、どうにも引っかかっていた。

　不動清和会の跡目騒動の期間、休業を余儀なくされていたBMは先日再開したばかりだ。本来、心機一転となるところだが、宮原の態度はそう見えない。実際、そのままやめることも考えたと口にした。

「なにかというのは？」

　朝刊から顔を上げた久遠に促され、一瞬答えあぐねる。自分でもあやふやなのでうまく説明できる自信がなかった。

「どう言えばいいのかわからないんだけど——ちょっと様子が変だった気がしたから」

　もともと宮原は自身についてほとんど話さない。和孝が知っているのは、創業者の外国要人からBMを譲り受けたこと、三十代前半にしてアーリーリタイヤメントを望んでいること、旧華族の出自であること、それですべてだ。

　柚木《ゆぎ》くんも自分に関してなにも話してくれなかったと宮原は笑ったが、和孝の場合は話して面白い過去ではないから黙っていたのであって、宮原とは事情がちがう。華やかな宮原の経歴には、大きな秘密がありそうだ。

「なにかあったとしても、必要に迫られない限りあのひとは話さないだろう」

　久遠は一言で受け流す。秘密主義というなら久遠も同じなのでどこか通じるものがあるのかもしれないし、和孝にしても互いに詮索《せんさく》しないのが大人の対応だというのは重々承知している。

とはいえ、ＢＭや宮原のことを思うと久遠ほど達観できず、ひとりやきもきしてしまう。

久遠の向かいに腰かけた和孝は、手にしたカップに目を落として言葉を繫《つな》げていった。

「わかってるけど、休業したままＢＭをやめてもよかったみたいなこと漏らしてたし、なんだか急に――」

数時間前、顔を合わせたときの宮原の表情を思い出す。

いつも飄々《ひょうひょう》として摑みどころがない半面、人一倍他人を気遣うところもあり、宮原の優しさに和孝もどれだけ救われたかわからない。

聡のことも、宮原が連絡を取り合っているとわかっているから心配せずに待っていられるのだ。

その宮原が、一瞬とはいえひどく疲れた表情をした。なにもかもあきらめているようにも見えた。普段はおっとりしていても頼りがいのある宮原なのに、あの瞬間は儚《はかな》げで、いまにも消えそうな印象すら受けた。

「ジョージ・スペンサーの息子が家督を継いだらしい」

唐突に久遠が呟いた。

和孝ははっとし、目を上げた。

「――ジョージ・スペンサー？」

初めて耳にする名前だ。けれど、いま久遠がその名前を出してきたのだから、宮原となんらかの繋がりのある人物であることは間違いない。

身を乗り出して問い詰めたい衝動を抑え、説明を待つ。

「ジョージ・スペンサーはBMの創業者で、確か――イギリスの子爵だ。宮原さんは、彼の強い希望でBMを引き継いだと聞いている。宮原さんが奥平《おくだいら》家から籍を抜いて、母方の姓である宮原を名乗り出したのもその頃らしい」

『奥平』という名字も初耳だった。話の流れから宮原の本名なのだろう。

「…………」

なにから質問すればいいのか迷うほど混乱している。長年BMに勤めていながら、創業者の名前を初めて知った。もともとは外国要人の館を会員制のクラブにしたと聞いていたので、宮原と個人的繋がりがあるとまでは考えていなかった。

しかし、いまの久遠の言い方では宮原が自身の家族よりBMを選んだとも受け取れる。

「創業者の……ジョージ・スペンサーって何者？　そのひとの息子が家督を継ぐことが、どう関係するわけ？」

わからないことだらけで気持ちが急《せ》き、口早に質問すると、久遠が首を左右に振った。

「俺もたいして知らない。宮原さんから聞かされたのは創業者の名前くらいで、他は当時を知る人間から耳にした」

出資者である久遠にすら、ジョージ・スペンサーの名前しか話さなかったというのだから、秘密主義も徹底している。よほど隠したいなにかがあるのだろうと邪推せずにはいられない。

「息子が家督を継いだことがBMにどう影響するか、いま調べさせているところだ」

「…………」

和孝にとって宮原は特別なひとだ。恩人であると同時に、兄のように慕ってもいる。誰に対しても疑心暗鬼になっていた頃、唯一信頼できる人間でもあった。

だが、急に遠い存在に思えてくる。あのやわらかな笑顔の下で宮原はなにを考え、感じていたのか。想像すらできない自分が厭《いや》になってくる。

「……なにかわかったら、俺にも教えて」

久遠が頷くのを待って、和孝はホットサンドに齧《かじ》りつく。黙々と食事をし、後片付けをすませるとすぐに帰り支度をして、これから事務所へ行くという久遠より先にマンションをあとにした。

冴島診療所へと車を走らせる間も、久遠と交わした会話が頭の中をぐるぐると駆け巡っていた。

宮原さんは、なにか困った状況に陥っているんじゃないだろうか。

そう思うと背筋がひやりとし、居ても立ってもいられないような焦りを感じ始める。たとえ無力であっても部下として友人として少しでも手助けをしたい、それは和孝の本心だった。

しかし、宮原にその気持ちを伝えたところで笑顔でさらりと躱《かわ》されるのは目に見えている。

——ありがとう、柚木くん。なにかあったときは頼むね。

口にしそうな台詞《せりふ》まで思い浮かび、じれったさを覚えつつ駐車場に停車させた和孝は、診療所までの短い道のりを歩く間にも落ち込まずにはいられなかった。

宮原にしても久遠にしても成熟した大人で、ことあるごとに年齢以上の隔たりを突きつけられる。

つまり自分の頼りなさを、だ。

いや、それについていまさら悩んだところでしようがない。和孝は和孝で、自分にできることをやるしかないのだ。

深呼吸をして、診療所の玄関の格子戸《こうしど》を開ける。

「ただいま帰りました」

タイミングよく患者の途切れた冴島が、居間で迎えてくれた。

「ちょうどよかった。饅頭《まんじゅう》で一服しようと思っていたところだ」

　冴島の淹《い》れる玉露の甘い匂いが鼻をくすぐる。無意識のうちに強張らせていた肩の力を抜いた和孝は、手を洗ってから湯呑《ゆの》みの準備をした。

　冴島と向かい合って卓袱台《ちゃぶだい》につくと、早速湯呑みを手にする。飲み頃の茶を口に含むとほっとするようになったのはもちろん冴島の影響だ。

　饅頭をおいしそうに頬張る冴島を前にして、ついさっきホットサンドを食べたばかりだったが、自然に手が饅頭に伸びていた。

「見張られているときはうっとうしいくらいに感じてたのに、見かけなくなったらなったで寂しい気がするなんて、勝手ですよね。きっと沢木《さわき》くんは、お役御免で清々していると思いますけど」

　なにかトラブルがあるたびに和孝の身辺警護を務めていた沢木は、三島《みしま》が四代目になってからもしばらくの間、役目を続けていた。目立つ風貌《ふうぼう》なので、沢木が近くにいるだけで頼もしい半面、圧迫感も大きかった。

　その沢木の姿を、四日前から目にしていない。状況が落ち着いたいま、彼の任務は終わったようだ。

　たまに知らない顔を見かけても、彼らはまるで近隣の住人でもあるかのごとく会釈ひとつで離れていく。ただの住民ではないことは風貌から明らかだが、警護が緩んだ理由はひとつ。ようするに、もう和孝の身に危険は及ばないと久遠は判断したのだ。

「まあ、えてしてそういうもんだろう」

は、と冴島が笑う。

「儂《わし》のことも、いまはうるさい爺《じい》さんと思っていても、あとから考えるとなかなかいい爺さんだったと思い直す日がくるかもしれんぞ」

「いまでもうるさい爺さんとは思ってませんよ」

即座に否定し、和孝はにっと唇を左右に引いた。

「ちょっとうるさい爺さん、くらいです」

冴島と話をしていると、よくも悪くも思考が回り始める。よけいに落ち込むときもあれば、鬱々《うつうつ》としている自分がばからしく思えてくるときもある。

「おまえの減らず口は結局直らないいままだったか」

冴島の軽口に、和孝は苦笑した。

まだ宮原からなにも聞かされていないというのに、なにをぐだぐだと不安になっているのか。宮原が自分の手を必要としてくれたときに、全力でサポートすればいいのだ。

と、そこまで考えてから、ふと、冴島の言い方に違和感を覚えた。

「直らないままだった……って」

あえて過去形にしただろうことは、冴島の様子から明らかだ。

この後、和孝は、こくりと茶を飲んだ冴島から思いがけない一言を聞く。

「そろそろ卒業してもいい頃合いだ」

思慮深さの表れた目尻《めじり》の皺が深くなる。世話になってから今日まで、初めて目にする冴島の晴れがましい笑みだ。多少自惚《うぬぼ》れるなら、和孝に対する親愛の情も窺える。

「いままでよく頑張ったな。年寄りにがみがみ言われて窮屈だったろうが、あとはひとりでも大丈夫じゃろう」

正直なところ、これまで何度もこの瞬間を想像してきた。もうマンションに戻っていいと許しが出たときは、やっと元の生活に戻れる解放感でさぞ清々しい気分になるのだろう、と。

しかし、いざそのときになってみると予想とはちがっていた。

確かに嬉《うれ》しさはある。ただそのほとんどは解放感からではなく、やっとみなに迷惑をかけずにすむという達成感からだ。

一方でこの家を出ていく寂しさもあり、和孝は自分の感情が意外だった。

「がみがみ言ってくれるひとが傍にいなくなるっていうのは、思ってたより寂しいことみたいです」

素直にそう返したあと、湯呑みを置いて卓袱台からいったん離れた。居住まいを正し、両手を畳についてこうべを垂れる。

「ありがとうございました」

心を込めて礼を告げた。久遠の口利きとはいえ、どこの馬の骨とも知れない男をいきなり自宅に住まわせ、面倒を見てくれるひとなど冴島以外にはいないだろう。そういう意味では、久遠のもとではなく冴島を選んだ、あのときの自分の選択は正しかったと言える。

ここに来なかったら、自分がいかに周囲の人たちに恵まれ、助けられてきたか実感できなかったかもしれない。いま純粋に聡を応援できるのも、弟に対して甘い気持ちがこみ上げるのも、久遠とまっすぐな気持ちで向き合えるのも、冴島の影響ゆえだと思うと胸が熱くなった。

「まあ、たまには顔を出して饅頭にでもつき合ってくれ」

情のこもった一言にまた頭を下げ、もちろんですと答える。

「先生こそ、俺の目がないからって甘い物を食べすぎたら駄目ですよ」

一両日中には荷物をまとめて自宅に帰ることになり、その後はいつもどおり過ごした。

冴島は診療を再開し、和孝は夕飯の下ごしらえをした。

冴島と食卓を囲む機会も残り少ないので、自分なりに少しでもうまく作ろうと、長葱《ながねぎ》ひとつ刻むのも普段以上に気を遣う。

自宅に帰ったら、子どもの声とは無縁の生活になるだろう、そう思うと待合スペースに響き渡る泣き声もほほ笑ましかった。

「さて、今日はぶり大根にでもするか」

仕事を終えた冴島が居間に戻ってきた。ついでに換気扇の掃除をしていた和孝は、卓袱台に置いたボウルを指差した。

「大根の下茹《したゆ》ではできてます。あさりの砂抜きももう大丈夫だと思いますけど、これってなんにします？」

「そうだなあ。酒蒸しにでもするか。あとは味噌汁《みそしる》と水菜のお浸しだな」

並んで台所に立ち、ふたりで夕食の支度を進めていく。最初は狭さが気になった台所にもいまはすっかり慣れていた。

「そういえば、結局、沢木くんにご飯を食べてもらえませんでした」

心残りがあるとすれば、そのことだ。長い間、和孝の警護役を務めてくれた沢木だが、ついに礼のひとつもさせてくれなかった。物をあげたところでどうせ受け取ってもらえないだろうから、せめて手料理をと思ったのに、こちらも空振りに終わった。

いま頃は本来の仕事である久遠の運転手に戻って、生き生きとしているにちがいない。

「駄目元で、自宅に呼んでみたらどうだ？」

冴島に軽い調子で提案され、慌ててかぶりを振った。

「それは、ちょっと……絶対断られると思いますし、俺も、なんだか気まずいです」

冴島と一緒だからこそ声をかけられるのだ。自分の部屋で沢木と向かい合っている場面を想像しただけで、背中がむず痒《がゆ》くなる。

「そりゃそうか。まあ、飯を一緒に食べなくとも、おまえさんの気持ちは伝わっているんじゃないかのう」

「なら、いいですけど」

一方的に迷惑をかけてきた身としては、そうあってほしいと願うばかりだ。平穏な生活に戻ったいま、顔を合わせる機会は皆無に等しいのだから。

まさに卒業だな、と和孝はしみじみと思った。

これまで同様、他愛のない話をしている間に夕食ができあがる。ぶり大根、水菜のお浸し、長葱と油揚げの味噌汁、あさりの酒蒸しを並べると、小さな卓袱台はいっぱいになる。

ご飯をよそい、互いに定位置に座った。

「いただきます」

箸《はし》を持ち、早速味噌汁から口へ運ぶ。我ながらいい味だと内心で自画自賛していると、冴島が頷くように顎《あご》を上下に動かした。

うまくいったときの反応だ。たったそれだけで誇らしい気分になる自分の単純さに呆れるが、とりあえず冴島を満足させるという目標は果たせたのでよしとする。味つけで冴島に小言をもらわなくなったことが重要だった。

その後三十分ほどなごやかな夕食は続いた。

食後の茶を飲んでいるときだ。携帯電話が鳴り出し、冴島に断って隣室へと移動した和孝は上着のポケットに入れっぱなしだったそれを手に取った。

「宮原さん？」

いったいどんな用件だろうか。――宮原の様子が気になっていた矢先の電話に、どきりと鼓動が跳ねる。

「はい」

ＢＭが再開された早々で、多少神経質になっているようだ。

『柚木くん。くつろいでいるところごめんね』

宮原の口調は変わらない。いつもと同じく穏やかで、やわらかい話し方を聞いてほっとする。

やっぱり考えすぎだ、苦笑いした和孝に、宮原の口から想定外の一言が発せられた。

『休むことにしたから、来なくていいよ』

「え」

一瞬、自分の耳を疑ったが、聞き違いではない。宮原は、はっきり来なくていいと言った。

「いえ、でも……再開したばかりで、予約も入ってますし……急にまた休むと会員の皆様が戸惑われるんじゃないでしょうか」

　誰より戸惑っているのは和孝自身だ。宮原のことだからよほどの理由があるはずだと、わかっていても混乱する。ずっと付き纏《まと》っていた疑心はこれだったのか、と。

『急じゃないんだ』

　宮原の声音は落ち着いている。

『今回、本当は再開すべきじゃなかったんだ。いまさらこんなことを言ったところでなんにもならないってわかってるんだけど……僕が優柔不断だったせいで柚木くんやみんなには迷惑をかけて申し訳なく思ってる』

　鼓動が一気に速くなった。どくどくと、まるで耳の傍で脈打っているような錯覚に囚《とら》われる。理由は明白だ。不動清和会の跡目騒動絡みで休業せざるを得なかったときとは事情がちがうように思えるからだ。

「そんな、謝らないでください。まるで――」

　終わってしまうみたいじゃないですか。

　そう言って笑い飛ばしたかったのに、口に出すことができずに唇を引き結ぶ。きっと気のせいだ。突然だったせいで不安になっているだけにちがいない。

　すぐさま厭な予感を打ち消した和孝に、再度、宮原が謝罪の言葉を口にした。

『本当にごめん。じつは、ＢＭを正当な所有者に返さなきゃならなくなった』

久遠から聞いた、ジョージ・スペンサーの名前が頭に浮かぶ。正当な所有者というのは彼の息子なのか。しかし、問《と》い質《ただ》すことすら躊躇《ためら》われる。

『スタッフには僕から説明するけど、もし柚木くんに連絡がいったときは、僕に電話するように伝えてほしいんだ』

混乱している間に一方的に通話が切れる。ツー、と無機質な音を聞きながら、しばらくの間携帯を握りしめたままその場に茫然《ぼうぜん》と立ち尽くしていた。

「なにかトラブルか？」

異変を感じ取ったらしい冴島に声をかけられ、ようやく我に返る。

「あ、いえ……」

取り繕うつもりだったのに、自覚している以上にショックを受けているのか、頬が引《ひ》き攣《つ》った。

冷静になれと自身に言い聞かせ、宮原の言葉を脳裏で反芻《はんすう》する。邪推や思い込みを避けるために、慎重に思い出していった。

だが、どう考えても、事態は深刻に思える。前回の休業とはちがうと、宮原の声や様子から感じられた。

「……BMを正当な所有者に、返さなきゃならないって……宮原さんが」

いままで和孝は、宮原がBMの所有者なのだとばかり思っていた。実際、宮原はBMのオーナーとして完璧《かんぺき》に役目を果たしてきた。あまり表に顔を出さないというところですら、会員制クラブのオーナーとしてはミステリアスで、みなの興味を誘っていたのだ。

「もしかしたら、ＢＭはもう終わるのかもしれません」

さっきは言えなかった「終わる」という言葉を口にし、なにかが刺さったような痛みを覚えて胸に手をやった。

速くなった鼓動が手のひらに伝わってきて、これは現実だと実感する。

「そうか。ずいぶん突然だな。宮原さんは大丈夫なのか」

冴島が眉間《みけん》に剣呑《けんのん》さを滲《にじ》ませる。冴島にしても、おかしいと危惧《きぐ》するような話なのだ。

「なにも話してくれないので、わかりません」

冴島に答えながら、なにもかもひとりで抱え込んでしまう宮原を責めたい衝動に駆られる。自分では頼りにならないかもしれないが、結論を出す前に相談くらいしてほしかったと思う。もし一言でもなにか言ってくれていたら、どんなことでもしたのに。

宮原は、ほんの少しの恩返しすらさせてくれないつもりなのだろうか。そう思うと、急激に苛立《いらだ》ちが込み上げてきた。

「個人的事情に誰も巻き込みたくなかったんじゃろうなあ」

ため息混じりで冴島がこぼす。

宮原らしいとでも言いたげだが、到底納得できない。ひとを信頼することや互いに助け合うことの大切さを和孝に教えてくれたのは宮原だったのに——さっきの宮原の言葉は、誰も信頼していないと突き放しているも同然だ。柚木くんを頼りにしてると言ってくれた、あれはなんだったのか。

「納得できません」

顔を歪《ゆが》めた和孝を、冴島が居間に戻るよう促す。茶を勧められたが、喉《のど》になにか詰まっているような感じがして飲む気にはなれなかった。

「あの人懐《ひとなつ》っこい笑顔は、ある意味、ガードみたいなものだったのかもしれんな」

ぽつりと呟いた冴島に、和孝は唇を引き結ぶ。口を開いたら、宮原への恨み言になりそうだった。

「あの年齢であれほど達観して見えるのは、過去にいろいろあったからだろう。どんな人間にだって触れられたくない瑕《きず》はあるもんだ」

冴島の言いたいことは理解できる。誰しも触れられたくない過去はあるし、和孝にもある。和孝の場合は、父親だ。十七歳で家も父親も捨てて以来、二度と会わないつもりでいたし、話題に出すのも不快だった。

再会したいまも、自分から連絡を取る気はない。弟のことは別として、今後も父親や義母とは関わりたくないというのが本音だ。

「だが、おまえが腹を立てるのも当然だ」

腹を立てているというより、情けなかった。ＢＭに関することなら自分も当事者であるはずなのに、宮原にとって自分は所詮その程度の、一言の相談すらできない人間だったかと卑屈な気持ちになる。

「そんな顔をするより、本人に直接聞きたいことを聞いてみてはどうだ？」

冴島の提案に、和孝は眉《まゆ》をひそめた。

聞けるものならとっくに聞いている。そう簡単ではないから悶々《もんもん》とするのだ。詮索するのが躊躇われるというのもあるが、これまでの言動を顧みれば宮原が他人の手を必要としないことが容易に想像できて、それがもどかしかった。問題が大きければ大きいほど、宮原は口を閉ざす。

暗鬱とした気持ちのまま、無言で思案した。いや、思案ではなく後悔だ。これまで何度か引っかかった宮原の言葉を思い出すと、なぜもっと早く気づけなかったのかと悔やみ、ますます落ち込んでいった。

ＢＭは、自分にとって生きがいと言ってもいい。人生のうち、多くの部分を占めている場所だ。けれど、そのＢＭよりも大事なのは、宮原の存在だった。

「……俺は」

迷いながら口を開いた和孝の耳に、玄関の呼び鈴の音が届く。腰を上げ、居間を出ていった冴島は、戻ってきたときには思いがけない客を連れていた。

まさに和孝を悩ませている張本人だ。

「こんにちは」

宮原は普段と変わらず、にこやかな笑みで居間に入ってくる。冴島に茶と煎餅《せんべい》を勧められ、嬉しそうに目を輝かせるのもいつもどおりだ。

その様子を見ていると、さっき電話で聞いた話が嘘だったのではないかと思えてくる。

胡乱《うろん》な目つきでじっと見つめてしまった和孝に、やわらかな笑みを崩さず宮原が頭を下げた。

「電話ですませるような話じゃなかったのに、ごめん。切ってすぐ後悔して、飛んできたんだ」

いきなり本題に入られ、どきりとする。宮原には取り繕う気はなさそうだった。気を利かせた冴島が隣室へ移動しようとしたときも、迷うことなく引き止めた。

「冴島先生に聞かれて困るような話じゃないので」

束《つか》の間《ま》、逡巡《しゅんじゅん》した冴島だが居間に残る。

宮原の目が、まっすぐ和孝へ向けられた。

「話すと長くなるんだけど、構わない？」

「長くなってもいいです」

真剣な面持ちで背筋を伸ばした和孝に、宮原は一度頷いてから口火を切った。

「ＢＭの創業者であるジョージ・スペンサー氏が亡《な》くなる前に、僕は彼からＢＭを譲渡されたんだ。だから、ＢＭの所有者は僕のはずだった。でも、二ヵ月くらい前に、ジョージの息子であるアルフレッドの代理人から連絡がきた。もともと土地も館もジョージの父上の持ち物で、所有権はジョージとその弟のふたりにあると——つまり、ジョージの実弟の許諾なしに譲渡されたものはすべて無効になると、先方から不服申し立てがあった」

淡々とした説明に、和孝は息を詰める。故意に事務的な口調で話しているとわかっていても、その内容は衝撃的なものだった。

宮原がＢＭを畳もうとしているのは、宮原自身の事情でも、ごたごたが続いたせいでＢＭそのものの役目が保てなくなったからでも、ましてや出資者である久遠に問題があるわけでもなく、それ以前の話で、ＢＭ自体が宮原所有のものではないというのか。

「……でも、当時は、その実弟の方は承諾されたんじゃなかったんですか」

「もちろん」

宮原が、重そうに上げた右手で前髪を搔き上げた。

「当時、弟のパトリック・スペンサー氏は精神を病んで療養中で、スペンサー家のすべてをジョージが取り仕切ってたんだ。だから、承諾を得るも得ないも、パトリックは異議を唱えられるような状態じゃなかったと聞いている」

つまり、当時は兄に任せきりだったのに、病気が治ったら他人の手に渡ったものが惜しくなったと、そういうことなのだろうか。

「そんな……身勝手な」

あまりの横暴さに、驚く。子爵だかなんだか知らないが、やり方に品がない。

「ジョージ・スペンサーの息子……アルフレッドが家督を継いだんですよね。彼はなんと言っているんですか？」

悪態のひとつもついてやりたかったが、宮原に文句を言ってもしようがない。ぐっと堪《こら》え、久遠から得た情報を思い出しながら問う。

直後、宮原の瞳が泳いだ。事務的にも聞こえた冷静な口調とは裏腹な表情に息を呑んだ和孝は、宮原を追い詰めているのは弟のパトリックではなく、息子なのだと直感した。

「特には」

それなのに、たった一言で息子の話をなかったことにする。触れられたくないようだ。

「とにかく、そういう事情だからどうしようもないんだ。BMを即刻やめなければ強硬手段に出ると言われたら、僕はお手上げ。従うしかない」

両手を上げて見せる宮原に合わせ、和孝もなんとか落ち着こうとしたものの強張《こわば》った顔では取り繕うことすら難しい。仕方なくあきらめ、不安を押し殺してただ深く頷いた。

従うしかないというのは、そのとおりだろう。BMの会員になることはステータスとされるだけに審査は厳しい。裏を返せば、それだけの満足を与えなければならない。万にひとつであっても会員に不利益をもたらす可能性があれば、途端にＢＭの価値は下がり、存在意義すら失われる。

「いまから僕は、会員に詫《わ》びをして回らなきゃならない」

その言葉を最後に、宮原が腰を上げる。

「こういうの苦手なんだよね」

愚痴をこぼすその表情は、すでにいつもの飄々とした宮原だ。あからさまに顔色が変わったのは一瞬、和孝が息子の話を持ち出したときだけだった。

父親であるジョージ・スペンサー氏を語るときにはどこか優しさを滲ませていたのに、息子に対しては後悔とも憐憫《れんびん》とも取れるような、悲しみが感じられた。

「先生にも変な話を聞かせて、すみませんでした」

宮原の謝罪に、冴島はかぶりを振る。

「いやいや。久しぶりに一緒に茶が飲めてよかった。次に来たときはまた将棋の相手でもしてくれ」

この件に関しては口を挟まないと決めているのか、冴島らしい一言をかけ、居間で宮原を見送る。

一緒に玄関までついていった和孝に、

「あ、そうだ」

靴を履いていた宮原は、聡の名前を口に上らせた。

「聡くん、高卒認定試験に受かったみたい。家業と両立で大変だったはずなのに、本当にえらいね」

思いがけない朗報を聞いて、緊張が緩む。不安の中で、唯一の光を得たような気がした。

「本当ですか。すごいな。聡、頑張ってるんですね」

名前を呼ぶだけで、なんとも言えず胸の奥深くが疼《うず》く。

聡は弟のような存在だが、孝弘とはちがう。たぶんそれは、自分が初めて他人のためになんでもしてやりたいと思った相手だからだ。

家族縁の薄かった和孝が自分から手を伸ばして懐《ふところ》に引き入れた、ただひとりの人間とも言える。聡が自分を想ってくれるのと同じようには想えないが、この先何年たとうと、どれだけの人間と知り合おうと、その事実だけはずっと変わらない。

必ず自分の足で立つ。そのためにまず大学に行くという約束を果たそうとしている聡を思うと、身が引き締まるようだった。

「頑張ってる。見習わなきゃね」

宮原のこの言葉に、今度は和孝も笑みを浮かべた。

「次から次にいろいろ起きるから、なかなか落ち着きませんけど」

自身に関することを含め、短い間に多くトラブルに見舞われた。そのたびに毎回なんとか乗り越えてきたのだから、今度もきっと乗り越えられるはずだ。頑張っている聡に、恥ずかしい姿は見せたくない。

「そうだね。本当にいろいろあったね。なんだか懐かしい」

なにを思い出したのか、宮原が目を細める。

その表情を前にして和孝の脳裏にも多くのことがよみがえるが、まだ懐かしむ余裕はない。今回の件が早く片づいてくれることを祈るばかりだった。

「きっと柚木くんも僕も、そういう星の下に生まれたんだと思うよ」

「そういう？」

やけに古風な表現だ。

「厄介なひとを引き寄せる、って感じ？」

「あー……」

宮原の言わんとしていることがわかり、苦笑する。和孝にとって最たる「厄介なひと」は久遠だ。他の人間なら面倒くさいと思った時点で別れればすむが、久遠ではそうもいかない。

だからこそ、厄介なのだろう。

それなら、宮原は？

宮原は、いま誰を思って「厄介なひと」と言った？

「特定のひとを思い浮かべてます？」

わざと軽い口調で問うと、

「浮かべてないよ」

さらりと躱される。

「じゃあね。また連絡するから」

その一言で右手を振って外へ出ていこうとする宮原を、和孝は思わず呼び止めた。

「あ、あの、俺にはなんにもできないかもしれないですけど、もし宮原さんが誰かの手が必要となったときに俺を思い出してくれたら」

嬉しいです、と続けた和孝に、やわらかな笑みが返った。

「ありがとう。心強いよ」

それだけ言い残して去っていく背中を見つめる。

きっと宮原は今度も自分ひとりですべてを抱え込んで、誰にも頼らないのだろう、そんな気がして寂しくなった。

居間に戻ってみると、冴島が茶を淹れ直していた。

「なにか事情があるとは思っていたが……思いのほか根深そうじゃなぁ」

肩を叩きながらため息をついた冴島に、なんと答えていいかわからず和孝は黙っていた。

仕事に行く必要がなくなったので、卓袱台につき、茶を飲みつつテレビのニュースを眺めて過ごす。ニュースで日々報じられる悲惨な事件は所詮他人事《ひとごと》なのに、自分が何度か危険に巻き込まれたせいか身につまされる。普通に生きているつもりでも、災難はどこから訪れるか知れない。結局のところ、どれだけ身構えていても窮地に陥るときは陥るのだ。

「――何事だ」

ふいに、冴島が座布団から腰を浮かせた。その理由に、和孝も気づいていた。

「なんだか、騒がしいですね」

表で喧嘩《けんか》でも始まったのだろうか。古くからの住民が多いこの一帯は近所づきあいも密で、揉《も》め事《ごと》とは無縁だ。いったいどうしたのだろう。

「ちょっと覗《のぞ》いてみるかのう」

首を傾げる冴島に倣《なら》い、和孝も一緒に居間を出る。玄関の格子戸を開けた途端、怒鳴り声がはっきり耳に届いた。

何事かと門から覗いてみる。驚いたことに、そこにいたのは沢木だった。お役御免になったはずの沢木がなぜここにいるのかわからないが、スーツ姿のふたりの男と対峙《たいじ》し、一触即発の険悪な空気を漂わせている。

「なんの用だって聞いてるんだよ」

沢木は眼鏡をかけた男の胸倉を摑むと、低く恫喝《どうかつ》する。

男も負けてはいない。

「きみには関係ないだろう。いきなりなんだ。無礼な奴だな」

即座に沢木の手を振り払い、声高に反論した。

しかし、和孝が気になったのは眼鏡の男ではなかった。彼の背後に悠然と立っている、長身の男。彼の顔には見憶《みおぼ》えがあった。

眦《まなじり》の吊り上がった目、薄い唇。襟足の長い髪。

会ったのは数ヵ月前、ＢＭでだ。あのとき金糸のピンストライプのスーツを身に着けていた彼を、青年実業家というよりホストみたいだと思ったのだ。

会員である政治家の同伴者としてＢＭを訪れた際、興味津々で館内を舐《な》めるように見回していた彼は、昨今飛ぶ鳥を落とす勢いと業界を沸かせているＩＴ企業『ＮＥＸＴ』の若き社長、名前は——小笠原諒一《おがさわらりょういち》だ。

「まあまあ。いきなり訪ねてきて悪かった。でも、他に会う方法が思いつかなかったからしょうがない。ねえ、柚木さん」

もともと物怖《ものお》じしない性分なのだろう、ＢＭでも和孝に不躾《ぶしつけ》な質問をしてきた。いくら出せば会員になれるのか、と。

同伴の政治家に窘《たしな》められなければ、さらに下世話な質問を重ねたにちがいなかった。

緊張感のない小笠原の態度は沢木の癇《かん》に障《さわ》るらしい。

「だから、てめえは誰だって聞いてるんだ」

眼光鋭く威喝すると、いまにも実力行使に出そうな雰囲気だ。沢木が手を上げる前に小笠原には帰ってもらおうと、和孝は慌てて近づいていった。

「すみません。せっかくいらしてもらったのですが、ご用件は後日お伺いしますので、いまはお引き取りください」

周囲にちらりと視線を流す。

昔からの住宅地で揉め事を起こせば、目立つのは当然だ。騒ぎを知って集まってきた近隣の住民たちは、遠巻きにこちらを窺っている。見知った顔もいくつかあった。警察沙汰《けいさつざた》になるような事態とは縁遠い地域なので、不安に思っているのだろう。

「すぐすむので、いまお時間いただけませんか」

物怖じしないだけではなく、無礼な男でもあるらしい。小笠原には、こちらの意図が正確に伝わらなかったようだ。終始平然としている彼に、迷惑だとはっきり言ってやるべきかもしれないと、和孝は故意に不快感を顔に出した。

「まあ、話を聞こうじゃないか」

だが、和孝の思惑に反して、冴島が口を挟んできた。

「これだけ目立ったんだ。彼も下手なことはできんだろう」

冴島は、ぐるりと周囲に顔を巡らせる。

「でも……」

とても小笠原と話をする気分ではない。冴島もそれを理解しているはずだと視線を送ったが、老君には別の考えがあるようだった。

「沢木くんも一緒に来てくれ」

沢木がいるうちに話をつけてしまおうという腹らしい。確かに沢木の存在は心強い。そう思う一方で、沢木を巻き込むことを躊躇う気持ちもあった。

冴島には素直な態度を見せる沢木は、警戒心を解かずに黙って頷く。

束の間、思案した和孝も渋々承知した。

小笠原の秘書だという眼鏡の男もあとに従おうとしたものの、当の小笠原に車で待つよう命じられた。

狭い居間に入ると、冴島は茶を用意し始め、沢木は仁王像さながらの様相で襖《ふすま》の前に陣取った。

「それで、わざわざうちまで訪ねてきたのは、どういうご用件でしょうか」

卓袱台を挟んで小笠原と向き合うや否や、すぐに本題に入る。さっさと話を終わらせて小笠原を追いだしたかった。

「じつは、柚木さんを私のもとに引き抜きたいと思ってるんです」

「…………」

この展開は予想の範疇《はんちゅう》を超えていた。あまりに突飛な申し出に、眉根が寄る。

「誰かとお間違えじゃないですか？　ご存じかどうかわかりませんが、私に会社員の経験はありません。それとも、そちらの会社はよほど人材不足なんでしょうか？」

いったい自分になにをやらせようとしているのか、小笠原の意図がまるで読めない。

「まさか」

半笑いで両手を広げ、首を横に振った小笠原はひたと和孝に視線を据えてきた。

「ＢＭをね、買収する予定なんです。ＢＭといっても、古臭い建物は不要なんでいったん更地にして豪奢《ごうしゃ》な洋館に建て替えるつもりでいます。そこで相談なんですが、ＢＭの会員リストを譲ってもらえないかな？　マネージャーであるあなたごと手に入れたいんですよ。もちろん、相応の金額を払いましょう」

ここまでくると、なにから突っ込んでいいのかわからない。ＢＭを買収するとか、会員リストとか、マネージャー込みとか——寝言は寝てから言えと、いますぐここから蹴《け》りだしたくなった。

「——なにを仰っているのか、理解しかねます」

口許に嗤笑《ししょう》を引っかけ、拒絶した。ＢＭの会員にすらなれない成金のくせにと、あえて口調に揶揄を含ませる。

そもそも小笠原という男が気に入らない。無遠慮であるだけならまだしも、芝居がかった大きな身振りがどうにも癇に障る。こちらを圧倒しようとしているなら、そんな小手先の演技に騙《だま》されるほど世間知らずではないと言ってやりたかった。

「柚木さんにも悪い話じゃないと思いますがね」

思案顔で顎を撫《な》でるその表情も不愉快で、和孝は小笠原をまっすぐに見返した。

「とにかく、いまのお話は聞かなかったことにします」

話は終わりだと、和孝としては打ち切ったつもりだった。しかし、まだなにかあるのか、小笠原は立とうとしない。

「そうですか」

その理由はすぐに判明した。

「ところで、驚きましたよ。私も清廉潔白の身とは言いませんが、まさかＢＭがあの不動清和会と繋がりがあったとは――」

不動清和会を持ち出されて、沢木の顔が険しくなる。しかし、口出ししないと決めているのか、一文字に唇を引き結んだまま小笠原を睨《にら》みつけるだけだ。

「そのことが外部に漏れたらまずいんじゃないですか？　ＢＭの会員になることを目標にしているひともいるでしょうに」

和孝としては、拍子抜けした気分だった。もったいぶって切り出したからなにかあるのかと思えば、この程度とは。

ＢＭに出資しているのは久遠個人であって不動清和会ではないとはいえ、小笠原の指摘どおり無関係だとも言い切れないだろう。久遠が不動清和会のナンバー２になったいまはなおさら、太い繋がりができてしまった。けれど――。

「その件でしたら」

「暗黙の了解？」

和孝の言葉を右手でさえぎった小笠原は、得々として先を続けていった。

「だったら、柚木さんと久遠彰允《あきまさ》の関係はどうです？」

意味深長に上唇を捲《まく》り上《あ》げた小笠原に、ぴくりとこめかみが引き攣る。小笠原のジョーカーはどうやらこっちだったらしい。

「まさか不動清和会のナンバー２とＢＭのマネージャーに個人的つき合いがあるなんて、最初は私も信じなかったんですよ。でも、わりとあからさまでびっくりしました。隠す気がないのかと思ったくらいだ」

小笠原は好奇心と好色さを滲ませ、目を眇《すが》める。

「…………」

やっぱり気に食《く》わないと小笠原を熟視したまま、束の間黙っていた和孝だったが、彼の言葉に狼狽《うろた》えたからではなかった。

驚きはしたものの、それはこれまで久遠との関係をなにかのネタに使われた経験がなかったからだ。

久遠のほうがどうなのかは知らないが、和孝の周囲は、たとえ気づいたとしても他人の事情には首を突っ込まない人たちばかりだった。そういう意味では不意を突かれたことになる。

「ああ、勘違いしないで。べつに柚木さんを脅《おど》そうなんて思ってません。単なる、忠告です」

脅しという単語もぴんとこない。隠す気がないというのはそのとおりで、公言する気はなくても隠しているつもりもなかったので、久遠との関係は脅しになるのかといま初めて知る。

やくざだから？　それとも同性だから？

どちらも自分を窮地に陥れるとは考えられない。

「脅しでも忠告でも好きにどうぞ。俺は無視しますけど」

和孝がそう返すと、強がりだと思ったのか小笠原が苦笑いで肩をすくめた。

「まあ、それならそれでいいですけどね――ただ、先方の立場を考えればどうですかね。古めかしいしきたりもありそうな世界だから、不都合もあるんじゃないですか？」

脅す気はないと言っておきながら、久遠の立場まで持ちだす小笠原には不快感が増す。

が、いくら不穏な言葉を重ねられようとも、和孝の返答は同じだ。久遠との関係で誰が不都合を被ろうとどうでもいい。それが久遠本人でも、だ。

平凡な一般人でしかない自分とのつき合いで不都合があるようなら、むしろやくざの世界も存外甘いものだと思う。幾度となく久遠が命を張る姿を目の当《まあ》たりにしている和孝としては、恋愛くらいたいした問題ではないとどうしても考えてしまうのだ。

面倒くさい、と喉まで出かけた台詞を呑み下し、

「そうですかね」

曖昧《あいまい》な返答をした。それが気に入らなかったのか、小笠原が大腿《ふともも》の上に置いた手を小刻みに動かし始める。

「いや、さすがだな。BMのマネージャーともなると、腹が据わっているというか、のんきというか。日本じゅうのやくざに追っかけられるはめになってもいいってわけですか」

意趣返しとばかりにぶつけられた皮肉には、苛立ちを覚えた。なにを言われても聞き流せるほどできた人間ではないので、冴島の前でみっともないのは承知のうえで、売られた喧嘩を買う。

「それほど暇な人たちじゃないでしょ」

和孝は鼻で笑うと、挑発的な半眼を流した。

「せっかくなのでこちらからも忠告を――小笠原さん、いまの木島《きじま》組に喧嘩を吹っ掛ける

度胸あります？　あるなら止めません」

いいかげん、不毛なやり取りをやめたかった。和孝の心情を察してくれたのか、それとも初めからそのつもりだったのか、終始無言の冴島は淹れた茶を小笠原には出さずに自分で飲み始めた。

沢木は両のこぶしを握り締め、いまにも飛びかかりそうなぎらぎらした目で小笠原を睨んでいる。

「……厭だな。例えばの話ですよ。私にそんな度胸ありません」

どうやら小笠原も気になるのだろう、時折沢木を窺いつつ、こっちが本命とばかりにその名前を口にした。

「でも、アルフレッド・スペンサーはどうかな」

「…………」

和孝はアルフレッド・スペンサーの名前に冷静ではいられなくなる。アルフレッド・スペンサーはまさにBMを追いつめている張本人だが、まさか小笠原がこの場面で彼の名前を口にするとは思わず、咄嗟《とっさ》に漏れそうになった声を慌てて嚙《か》んだ。

「彼は遺恨があるみたいだから、BMを取り返すためなら手段を選ばないでしょうね。ひとを介して会っただけの私に協力を申し出たくらいですし」

ふたりが協力関係にあるかどうかなどどうでもいい。目の前にいる小笠原の存在も二の次になる。

頭の中で何度もアルフレッド・スペンサーとくり返しながら、いったい彼と宮原との間になにがあったのかと、そればかりに意識が向かう。

「リストと引き抜きの件、考えておいてください」

どこかのCMのようなさわやかな笑顔を向けられたが、和孝はもう小笠原の話をまともに聞いていなかった。宮原の表情や口振りを脳裏で再現して、改めて、ふたりの間には深刻で、極めて個人的な問題があるのだろうと確信する。

あの宮原が、彼の話題が出たときだけ、わずかとはいえ動揺を見せたのだ。

「それじゃあ、私は失礼しようかな」

小笠原が腰を上げたとき、目礼のみで見送らなかった和孝は、沢木の吼《ほ》えるような声を聞いてはっとした。

「木島に戦争ふっかけてえなら、スペンサーだかなんだか知らねえが、外国人の陰に隠れてねえでてめえがタマ張れよ」

普段は無口な沢木の脅し文句を聞くのは初めてで、反射的にふたりに目を向ける。十歳は下だろう沢木の迫力に圧《お》され、明らかに顔色を変えた小笠原を見て溜飲《りゅういん》が下がる思いだった。

沢木の言ったとおり、木島組が率先して小笠原を相手にすることはなくても喧嘩を売られた場合は全力で潰《つぶ》しにかかるはずだ。事実、木島組に楯突《たてつ》いた男の末路を和孝は見てきた。実際になにがあったか知らなくとも、その後いっさい名前を聞かなくなった時点で容易に想像はつく。

小笠原が帰ったあとも渋い顔をしていた沢木だが、自分の役目はもうないと判断したのか、暇《いとま》を申し出る。

今度は玄関まで見送りに出た和孝は、なんの気なしに水を向けた。

「沢木くんは、なんで診療所の前にいたんだ？」

偶然、というわけではないだろう。沢木がいたからには理由があるにちがいない。

「時間があったんで、ちょっと近くまで来てみただけっすね」

けれど、沢木から返ってきたのは意外な答えだった。

沢木が義理堅く、意志の強い男であることは和孝もよく知っている。それでも、任を解かれたあとまで気にかけてくれるとは——考えてもみなかった。離れて、てっきり清々しているものだとばかり思っていた。

「ありがとう」

礼を告げた和孝に、沢木は苦虫を嚙み潰したかのような顔になった。

「意味わかんねえっす」

いつもの台詞を残し、坊主頭を搔きつつ帰っていく。その後ろ姿をやけに頼もしく感じてほほ笑んだ和孝は、居間に戻るとまた卓袱台についた。

隣室に移動してひとりになろうかとも考えたが、そうすると自分の性格上、よけいなことまで邪推するはめになるのは目に見えている。小笠原の口にした、宮原とアルフレッドの間にある因縁が気になるし、小笠原の真意もまだはっきりしない。

一方で、現時点でいくら和孝が頭を悩ませてみたところでなにひとつ解決しないというのも重々承知している。同じ時間を潰すなら、冴島とテレビでも観て談笑したほうがよほど建設的だ。

「沢木くん、気にかけて来てくれたみたいです」

和孝がそう言うと、冴島が相好を崩した。

「苦労人だし、ああいう男のほうが案外根は優しかったりするんじゃろうな」

天涯孤独と聞いている。久遠がいなかったらいま頃自分は塀の中だと、いつだったか沢木が話してくれた。きっと沢木のような青年はめずらしくないのだろう。

「ですね」

スポーツニュースが始まった。日本の野球と海の向こうのベースボールの話題を聞きながら、ぼんやりと過ごす。小笠原が訪ねてきた事実がずいぶん前のように感じられた。

「先生」

テレビに目をやったまま切り出す。

「俺、卒業延ばしてもらえませんか」

自分でも甘えたことを言っているとわかっていた。しかし、仕事のない状況でマンションの部屋に戻ってひとりになっても、時間を持て余すだけだ。

宮原とアルフレッドの過去やBMの未来をあれこれ考えて、無駄だと振り払って、またふとした拍子に考えて——そんなくり返しで日々を費やすかと思えばうんざりする。もっと宮原にいろいろと聞いておけばよかったと、後悔ばかりするのだ。

咳払いをした和孝は、冴島に視線を向けて居住まいを正した。

「あと少し、先生の手伝いをさせてもらえないでしょうか」

先日も、BMの休業中に診療所の手伝いをさせてもらったおかげで腐らずにすんだ。だから今回も、と頭を下げる。

冴島はリモコンを手に取りテレビを消すと、なにを思ってか、昔話を始めた。

「大学病院をクビになった話はしたかな」

無関係のように思える話も、冴島のことだからなにかしら意図があるにちがいない。

黙って頷いた和孝は、正座したまま耳を傾ける。

「当時、結婚を約束した女性がいたんだが、意地になったんだな、そのとき別れを切りだした。彼女はショックを受けて、理由を聞いてきた。儂はなにも答えず、逃げるように街を出た」

相槌《あいづち》は打てなかった。冴島にそんな相手がいたのかと驚いたものの、若いときからいまみたいな生活を送っていたわけがない。恋愛のひとつやふたつ経験していて当然だ。

「長い人生、いろいろあったが、それが唯一の心残りだな。まあ、相手方からすれば、儂みたいな男とは別れて正解だったんだろうが」

ははと冴島が笑い、目尻の皺が深くなる。

和孝は、なんと言えばいいのかわからず口ごもった。

もし、冴島が彼女についてこいと言っていたらどうなっていたのか、無意味と承知で想像する。

彼女は冴島と同じように歳《とし》をとって、家事の傍《かたわ》らたまに診療所の手伝いをしていたのかもしれない。もし子どもがいたら、父親に倣って医者になっただろうか。

大人には厳しい冴島も、子どもたちには優しい。きっと我が子や孫には甘いはずだ。

と、そこまで想像したとき、冴島が穏やかに目を細めた。

「久遠くんのところに行くといい」

意外な一言に、和孝は目を瞬《しばた》かせる。面食らっていると、ちゃんと続きがあった。

「ここから出ていけと言ってるんじゃない。ただ、いまのおまえさんなら、きっと彼のもとにいるほうが安心できるだろう。情報が入ってきやすいというのもあるが、精神的に落ち着けると思うぞ。久遠くんも怪我《けが》をしたとき、おまえさんの存在が支えになったはずだ。今度は、逆に支えてもらうといい」

「——————」

そうだろうか。あのとき、自分は久遠の支えになっただろうか。いまの自分は、冴島と一緒にいるよりも久遠といるほうが心から安心できるのだろうか。

木島組の別荘でともに過ごした数日間を思い出す。傷ついた久遠の傍にいたいという気持ちでいっぱいだったが、日々回復する様を間近で見て、他愛のない話をするだけの生活に、和孝自身の心が凪《な》いでいたのは事実だ。

終わりを察したときにもう少しこのままでいたいと考えたのも本当なので、冴島の言うとおりのような気がしてくる。いま自分に必要なのは冴島との暮らしではなく、久遠の存在なのかもしれない。

自分が蚊帳《かや》の外に置かれている苛立ちを久遠にぶつけて、厭な気分になる場面が頭に浮かぶ。ようするに、冴島には言えない文句を、久遠にはいくらでもぶつけられるということだ。

結局のところ、どれだけ悪態をついても大丈夫という安心感があるためだった。

「先生、ひとつ聞いていいですか」

ほとんど答えは出ていたが、最後のひと押しが欲しい。冴島が頷くのを待って、和孝は不躾と承知で問う。

「さっきの話とどう繋がってるんですか?」

冴島が、確信的な笑みを浮かべた。

「ともにいたいという気持ちがあるなら、それを実行に移せと言っておるんだ」

思わず目を瞠《みは》った。さすがというしかない。和孝の腹の内など、冴島はお見通しだ。

「あー……なるほど」

妙に気恥ずかしくなった和孝は、首の後ろを掻いた。正座を解き、脚を組む。

「わかりました。そうします」

予定どおり、一両日中に冴島のもとから卒業しようと決める。自宅に戻るという選択肢もあるが、自分がそうしないのはわかっていた。

たとえ久遠が厭がっても、ＢＭの件が解決するまで居座ってやろう。そんなふうに思う自分がなんだかおかしい。

「あ、ほら。冴島先生の好きなキャスターが出てますよ」

またテレビをつけると、ちょうど人気女性キャスターがサッカー関連のニュースを報じているところだった。

「そんなこと儂は言ったか?」

めずらしく照れた様子を見せる冴島に、いいえと肩をすくめる。

「これだけ一緒にいたら、好みくらいわかるでしょ?」

甘いものが好きで、玉露が好き。好みのタイプは意外にもショートカットで男勝りな女性だ。情に脆《もろ》くて、子どもに弱い。自分みたいな赤の他人を家に入れて、案じてくれる面倒見のいいひと。

冴島との暮らしは、薬物治療の一環という以上の影響を和孝に与えた。

「ちがいない」

冴島は同意し、その後は一緒にテレビを観た。スポーツに関してあれこれ言い合いながら、少しばかり感傷的になっている自分に気づく。

それだけ冴島を身近に感じていたのだと、いまさらながらに和孝は実感していた。

# 2

「お世話になりました」

玄関で挨拶《あいさつ》をすませたあと、門を出たところでふたたび深々とお辞儀をする。

右手を上げた冴島《さえじま》からもう言葉はなかったが、和孝《かずたか》がどれだけ感謝しているか、きっと伝わっているだろう。

「行くぞ」

沢木《さわき》に促され、和孝はボストンバッグを手にして足を踏み出す。他の荷物は段ボール箱に詰めてすでに送っていたので、身軽なものだ。

一度肩越しに振り返ったとき、外灯の明かりの中に玄関へ戻る冴島の後ろ姿が見え、会釈をしてから駐車場までの細い道を歩いた。

「ひとりでよかったのに」

自分で運転して久遠《くどう》のマンションまで向かう予定だった。が、朝になっていきなり沢木がやってきて、俺が付き添うと言って聞かなかった。

「仕事があるんだろ？　よけいな時間取らせて悪いな」

無骨な背中へ声をかけた和孝に、べつにとそっけない答えが返る。

「むしろ手間が省けていい」

いったい沢木は和孝のことをなんだと思っているのか、問うのが怖い一言だ。とはいえ、いままで自分がどれだけ面倒をかけていたか考えると、下手に反発もできない。沢木には数々の醜態をさらしている。

駐車場まで来て、車に乗り込むとすぐにアクセルを踏む。途中、何度かルームミラーで後ろを走る沢木の車を確認したが、一台も割り込ませず、一定の車間距離を保ってついてきていた。さすが久遠の車のハンドルを任されているだけのことはある。なかなかのテクニックだ。

途中スーパーに立ち寄り、それ以外はまっすぐ久遠の住むマンションに向かった。事前に久遠の不在を聞かされていた和孝は、こういうときこそと、いままでほとんど使う機会のなかった鍵《かぎ》を使うことにする。地下駐車場で車を降りたあと、断られるのを承知で誘った沢木は案の定、回れ右をしたので、ひとりでエレベーターに乗り込んだ。

「ていうか、誰にも会わずに最上階まで行けるっていうのが、普通の感覚からかけ離れているよな」

冴島宅との環境の差に呆《あき》れる。近隣住民のためと自身の安全確保のためにセキュリティの整ったマンションが必要だというのはわかるものの、最上階にあるのが久遠の部屋だけだという時点でやはり庶民の感覚とはずれている。

エレベーターを降りた和孝は、マンションらしからぬ立派な門扉《もんぴ》をくぐって玄関へと進み、合い鍵を使って中に入った。

リビングダイニングの床に荷物を置き、その足で窓際に歩み寄るとブラインドを上げる。

ライトアップされた純日本風の中庭を尻目《しりめ》にキッチンへ足を向け、スーパーで買ってきたばかりの食材を使って早速食事作りに取りかかった。

何時に久遠が帰宅するかわからないため、消化にいいものを作ることにした。世話になるぶんの対価は家事で払うつもりでいる。別荘での療養生活のときよりレパートリーは増えたし、掃除洗濯と、この際、冴島に仕込んでもらった家事の腕前を存分に披露しようと目論んでいた。

「沢木くんにも食ってもらいたいんだけどな」

包丁を手にした和孝は、宮原《みやはら》においしいと褒《ほ》めてもらったときのことを思い出す。BMのオーナーと聞くと身構える人間も多いが、宮原は飄々《ひょうひょう》として摑《つか》みどころがない一方、いつもにこにこして周囲を癒やしてくれる存在だ。

和孝自身、宮原に何度救われたかわからない。

宮原はいまどこでなにをしているのか、冴島の家で会ってからまったく連絡が途絶えていた。何度かこちらから電話をかけてみたが、宮原は出てくれず留守番電話に繫《つな》がった。

心配してるんですよ。

そう胸中で呟《つぶや》き、首を横に振る。

現時点ですべきなのは、よけいな心配ではなく、いざというとき力になれるように落ち着いて待つことだ。

深呼吸をした和孝は、ふたたび手を動かす。アスパラガスとトマトを使った豆乳スープを作ろうと、まずはピーラーを使ってアスパラガスのはかまを取っていくところから始めた。

黙々と料理に没頭したおかげで、無為な思考に至らずにすんだ。家事は単に生活を快適にするだけでなくいい気分転換にもなって、いまの自分には必要なものに思えた。

鍋《なべ》に豆乳を入れるのみとなった頃、リビングダイニングのドアが開いた。脱いだコートを手にして入ってきた久遠は、キッチンに立つ和孝を見て微《かす》かに表情をやわらげた。

「——おかえり。帰れたんだ」

久遠の顔を見ると、急にそわそわしてしまう。いまさらだが、仕方がない。

なにしろ久遠の部屋で一緒に生活するのは久しぶりだった。しかも、これまでは毎回そうせざるを得ない理由があって渋々だったのに、今回は自分から望んでここに来たのだ。

「また戻らなきゃならない」

久遠がソファの背凭《せもた》れにコートを放る。言葉どおり、上着とネクタイはそのままだ。

「あ、そうなんだ」

どうやら久遠は、和孝の様子を窺《うかが》うために立ち寄ってくれたらしい。

「俺は平気。ここへは沢木くんが付き添ってくれたし。BM《ビーエム》に関してなら気を揉《も》んでもしょうがないから、あんまり考えないようにしてるし」

まずは居候《いそうろう》させてもらう挨拶でもするかと歩み寄っていくと、なにを思ってか、ふっと片笑んだ。

「なんだよ」

笑われるようなことを言った憶《おぼ》えはなかったので怪訝《けげん》に思って問うた和孝は、このあと、予想外の言葉を聞くはめになった。

「てっきり仏頂面《ぶっちょうづら》で迎えられるかと思っていたから、意外だっただけだ——そうだな。もう俺がいちいち気にかけることもないか」

「……………」

どういう表情をしていいのかわからなくて、仕方なく顔をしかめる。でなければ、にやけてしまいそうだった。

以前、久遠から「大人になった」と茶化されたときには和孝も軽いノリで躱《かわ》せたが、しみじみと口にされると反応に困る。常に久遠の背中を見てきた和孝にとっていまの一言は重要で、ほんの少しであっても認められたような気がした。

「あんたがいつ帰るかわからなかったから、夜食にでもと思ってスープ作ってみたんだけど、食べる時間ある？」

照れくささから口早に問うと、思いがけず肯定が返った。和孝はできたばかりのスープを皿に注ぎ、スプーンを添えてダイニングテーブルの上に置いてから、当初の予定どおり挨拶をした。

「えーと、少しの間お世話になります。時間だけは有り余ってるから、身体《からだ》で返せるよう努力するつもり」

定期的に入っているハウスクリーニングの必要がなくなるくらい、磨き上げてやろう。その意思を伝えたにすぎなかったのに、手にしたスプーンを一度止めた久遠がちらりと上目を流してきた。反応はそれだけだったが、ようやく自分の発した言葉の際どさに気づく。

「身体って、そういう意味じゃないから。労働で返すって意味で……あ、労働っていうのは家事とかのことだからな」

変な期待をされても困るので、慌てて右手を左右に振って否定する。

「俺はなにも言ってない」

久遠は、しれっとした態度でスプーンを口に運んだ。

「けど、見ただろ。い……」

いやらしい目で、とうっかり口走りそうになり、すんでのところで耐える。いやらしい目に思えたのは、久遠のせいというより自分の問題のような気がしたからだ。

「見ただけだ。それとも、なにか別の期待をしていいってことか？」

唇についたスープを、久遠が舌先で舐《な》め取《と》った。

たったそれだけのことで首筋を熱くした和孝は、わざとじゃないのかと思いながら、ふいと顔を背けた。

「だったら、せいぜい帰ってくればいいよ」

別の期待はさておき、出世してからの久遠は前にも増して忙しそうだ。自分がいるときくらいリラックスしてほしいと気遣うのは、和孝にしてみればごく自然な感情だった。

「そうしよう」

笑い混じりで答えた久遠を、頬杖《ほおづえ》をついた和孝は横目でチェックする。

顔色は普通。唇のかさつきもない。ちゃんと食欲もあるようだ。

ほっとしつつ、久遠がスプーンを置くのを待ってから和孝はジーンズのポケットに入れっぱなしだった煙草《たばこ》を取り出した。

「それで、久遠さんのほうはどう？」

ＢＭの閉鎖は出資者の久遠にも関係があるが、どうするかは宮原に一任すると聞いている。それゆえ、和孝が聞いたのは本業についてだった。肩書が変われば、これまでとはあらゆることが変わってくる。

「四代目の呼び出しを除いては、いたって平穏だな」

以前も聞いた台詞《せりふ》に、大変だと同情する。三島《みしま》が上にいる限り、久遠の心労は続くのだだろう。

「――俺の話、聞く時間ある？」

手の中で煙草を遊ばせながら、軽い口調で和孝は切りだす。

テーブルの上の灰皿を引き寄せた久遠が視線で先を促してきたあとも、口火を切るまでに数十秒かかった。

「俺、自分のことがあんまり好きじゃなかった」

こんなみっともない話、できればしたくない。でも、話すなら久遠をおいて他にいないし、新たな生活が始まるいまのタイミングがふさわしいような気がした。

「子どものときからそうだった。父親が嫌いで、父親と血の繋がっている自分も嫌いだったんだ」

家を出る前は、全部消えてしまえばいいと思っていた。父親も義母も、周囲も、自分もくだらない存在に感じられ、ゲームみたいに一度リセットできたらどんなにいいかと本気で考えていた。

反抗することで自分を保ってきた部分もある。

臆病者《おくびょうもの》だと自覚していたから、それを他人に悟られたくなかった。

「ほら、俺って頭堅いし、卑屈なところあるだろ？　なにもかもずっと父親のせいだって責めてきた。本音はすごく不安でも、それを隠すために意地張ったりして——留学の話が出たのをきっかけに家を飛び出したとき、それで、リセットできた気がした……久遠さんに出会って、半年でまたリセットした」

その後やりがいのある仕事に就《つ》けて、もう過去の自分とはちがうと思っていた頃ですらあまり変わっていなかったような気がする。いざとなればいつでもリセットできる、それが安心感に繋がっていたのかもしれない。

久遠はずっと黙っている。相槌《あいづち》もない。さしもの久遠でも、いきなりこんな話をされて面食らっているようだ。

久遠のくゆらす煙草の煙を見つめ、和孝はしかめっ面でぽつぽつと言葉を重ねていく。とても正面から目を合わせられなかった。

「それなのに、俺の周りにいるひとって辛抱強くて、いっそ感心する。みんなよく我慢して俺につき合ってくれてるって思う。もし俺だったら、俺みたいな奴とはとっくに縁を切ってるね」

自虐的な台詞を口にするたびに、裸をさらすような居心地の悪さを覚える。一方で、別の感情も湧《わ》き上《あ》がった。

いまの和孝は、もう自分を嫌いではない。ときに不満をこぼしつつも常に先のことを考え、少しでもよくなろうと努力もしている。ひとえに、現在の生活を失いたくないためだ。

大事なひとが増えていくにつれて少しずつ自分に対する嫌悪は薄れ、守りたいと思えるようになった。

「俺は自分の両足でちゃんと立たなくちゃいけない。俺が必死でしがみつこうとしているのは、BMでもマネージャーって仕事でもなくて、そこにいるひとだから」

一気に捲《まく》し立《た》て、多少落ち着いてくると急激に恥ずかしくなってきた。久遠に聞いてほしかったのは本当だが、うっかり熱弁してしまった。

「我慢してつき合う、か」

久遠が初めて口を開く。意味深長にも思える表情に、和孝は目線を戻して久遠を睨《にら》んだ。

「いま、俺が一番我慢してるとか思っただろ」

指を差して抗議したが、久遠は肩をすくめて空惚《そらとぼ》ける。過去の数々の出来事からそう思われていてもしようがないので追及できずに舌打ちをすると、短くなった煙草の火を消すついでのように久遠が言葉を紡いでいった。

「普通は、我慢してまで他人とつき合う必要はない。我慢してでもつき合うには、それなりの理由があるはずだ」

普段から口数の少ない久遠の一言は妙に説得力があり、和孝の胸にすとんと落ちてくる。実際のところ自分も相当な我慢を強《し》いられていると思う半面、我慢を強いている部分もある。ようするにどっちもどっちだ。

「で？　我慢してつき合おうってくらい、あんたは、俺のどこがいいわけ？」

こんな恥ずかしい質問、本来なら絶対にしないが、ものはついでだ。どうせ恥を掻《か》いたのだからと開き直る。

「考えたこともなかった」

あまりに期待外れで、でも、ある意味、予想どおりの答えが返ってきた。

「は？　なんだよ、それ」

これでは恥掻き損だ。顔をしかめた和孝は、むっとして手にあった煙草をくしゃりと握《にぎ》り潰《つぶ》す。

「いまのは、嘘《うそ》でもなにか言う場面だろ」

「なにかというのは？」

久遠は腕時計で時刻を確認したかと思うと、最初に言ったとおり事務所に戻るために腰を上げた。家にいたのはきっかり三十分だ。

玄関までついていった和孝は、コートを手渡してから久遠のスーツの胸に人差し指を押し当てる。

「俺が言ったら意味ないだろ。三日の猶予を与えるから、久遠さんが『なにか』を考えておくように。適当にあしらうのはナシだから」

ここまできたら聞かないわけにはいかない。たまには悩んでみれば、少しは和孝の気持ちが理解できるだろう。

「ひとつ聞くが、そのしがみつこうとしているひとたちの中に俺は含まれているのか？」

「含まれてない」

迷わず即答した。

「ならよかった」

その一言で出ていく久遠を見送った和孝は、リビングダイニングに戻ると折れ曲がった煙草を指で丁寧に伸ばし、唇にのせた。

ソファに腰かけて火をつけ、ふっと頬を緩める。

いったい久遠はなんと答えるだろう。ほんの弾みで出した宿題の解答が俄然《がぜん》愉《たの》しみになった。これだけでも、冴島の提案に従って久遠の部屋に来た甲斐《かい》があったと言える。

心配事は山積みだが、現時点で自分ができることはないのでとりあえず脇《わき》に押しやり、ゆったりと一服する。

——そうだな。もう俺がいちいち気にかけることもないか。

先刻の久遠の言葉を思い出して、はたと気づいた。久遠が忙しいさなかわざわざ時間を作って戻ってきたのは、自分を気にかけてくれたからか、と。

「あのひとも、見かけによらず心配性だよな」

キスのひとつもすればよかった。そんなことを考えながら、和孝はくすぐったい気持ちで鼻先を掻いた。

携帯電話の着信音が鳴ったのは、一本吸い終える頃だった。カウンターの上で充電中だった携帯を手に取った和孝は、サブマネージャーの村方《むらかた》の名前を確認して頬を引き締めた。

『すみません。じつは、いまスタッフのひとりから連絡がきたんですが』

村方の口調は硬い。今度の件では彼も気を揉《も》んでいるのだろう。

「なにを言ってましたか」

和孝の問いに、ひどく言いにくそうに先を続けていった。

『マネージャーを煩《わずら》わせるほどでもないとは思うんですが、何人かでBMに向かったらしいんです。直接説明を聞きたいと言っている者もいたみたいで——』

そういうことか、と村方の口調が重い理由に納得がいく。けれど、BMに行ったところでなにも解決しない。もし誰かいたにしても、どうせ雇われた警備の人間だ。

「連絡してくれてありがとう」

あとは自分に任せてくれるよう告げ、電話を切る。その手でジャケットを羽織ると、BMに向かうために車のキーを手にした。

靴を履く際、久遠に連絡すべきかと一度は考えたものの、玄関のドアを閉めるときには脇に押しやっていた。忙しい久遠によけいな手間を取らせたくなかったし、この程度で大袈裟《おおげさ》にするのも躊躇《ためら》われた。

地下駐車場へ下り、すぐに車を動かした。

久遠のマンションからBMまで数十分かかる。その間に、どうやってスタッフを安心させようかと思案した。

どれほど言葉を重ねようとも完全に不安を取り除くのは難しい。和孝自身、そうだ。みなを安心させられるのは、やはりオーナーである宮原しかいない。一日も早く宮原に笑顔を見せてほしい。その思いはスタッフ全員のものだった。

BMの駐車場に車を入れた途端、通用口の前に立つスタッフの姿が目に入る。停車し、降りるや否やフロアスタッフの三人は駆け寄ってくると、くしゃりと顔を歪《ゆが》め、一斉に頭を下げた。

「すみません。どうしても、じっとしていられなくて」

和孝には三人を責められない。自分が無力だとわかっていても、動かずにはいられないときは誰しもある。

「みんなそうだから、頭を上げてください。でも、自分たちがここで居座ってもなにもいいことはないし、ことを荒立てるとオーナーを困らせるだけです」

言葉を選びつつ説得を試みた和孝に、三人は項垂《うなだ》れる。彼らにしても重々理解しているのだろう、「はい」と素直に承諾してくれた。

各々帰っていくのを見届け、和孝も車に足を向ける。ドアレバーに手を伸ばしたとき、急に小笠原《おがさわら》の放った一言がよみがえってきた。

小笠原は、和孝を勧誘する際に『会員リスト』が目的だと言った。会員リストは故意に書類化していない。和孝自身の頭とパソコンの中にデータとして入っている。

パソコンにもフォルダにもダブルロックをかけているが——置きっぱなしにするのは気がかりだ。持ち帰ったほうがいいかもしれない。踵《きびす》を返し、ふたたび通用口に戻る。

「おい」

呼び止められたのは、中へ入る直前だった。振り向いた和孝の前に現れたのは、見知った顔だった。

「あれ？　沢木くん」

沢木とは、久遠のマンションの地下駐車場で別れた。その後久遠が戻ってきた際には、沢木が運転手を務めていたはずだ。

「なにしてる」

こちらに歩み寄り、くいと顎《あご》をしゃくった沢木に、和孝は目を瞬《しばたた》かせた。

「こっちの台詞。沢木くん、仕事に戻ったんじゃないのか」

和孝の問いに唇を歪めた沢木は、じつに彼らしい言葉を口にする。

「今日は終わった」

久遠が動かないと沢木の出番もない。というのはわかるが、だからといってこの場にいる理由にはならない。仕事が終わったのなら、普通は自宅で休むかどこかで羽を伸ばすかだろう。

それをわざわざ自分のところに来るなんて——他の人間なら驚くところだが、沢木なのであり得ると納得できるだけに呆れてしまう。

ほんと損な性分だな。心中で呟いた和孝は、通用口を指差した。

「パソコンを取ってきたい。すぐ戻ってくるから」

「中に入るのか?」

常に仏頂面の沢木は、考え事をするときはよけいに険しい顔になる。いまも眉間《みけん》に皺《しわ》を寄せて迷う様子を見せてから、仕方がないとばかりに舌打ちをした。

「俺もついていく」

パソコンを取ってくるくらい五分もかからない、と断ったところでどうせ沢木は聞き入れない。言うだけ無駄とあきらめ、沢木とともに通用口から中へ入った。

灯《あか》りの落ちた館内は、しんと静まり返っている。ＢＭにいると都会の喧騒《けんそう》を忘れてしまう。フットライトの明るさだけを頼りに細い通路を歩いていると、妙な感覚に囚《とら》われた。

いま起こっていることが、遠い出来事のように感じられるのだ。

何年勤めようと、自分にとってＢＭは別世界なので窮地に陥《おちい》っても現実のものとして実感が湧かないのかもしれない。

もうひとつドアを開け、電灯のスイッチを押す。ぱっと眩《まぶ》しいほどの明かりが館内を照らし、一気に視界が開ける。

こつこつと鳴る自分と沢木の足音を聞きながらオフィスに直行した和孝は、ドアを開けてすぐに電気をつけ、室内へ足を踏み入れる。

デスクの上のパソコンを手に取ると、その場で立ち止まった。

「なにぼうっとしてるんっすか。さっさと出ますよ」

沢木に急《せ》かされても留まり、室内を見回す。

「なんだろうな。つい三日前までこの部屋で仕事をしていたのに、ずいぶん久しぶりな感じがする」

中華街に監禁されていたとき、その後の療養期間、不動清和会《ふどうせいわかい》のお家騒動の間――和孝がここを長らく空けたのはその三度だが、そのどのときよりも時間の経過を感じる。たった三日なのに、見るものすべてが妙に目新しく感じられる。

「気持ちの問題じゃないっすかね」

沢木に一言であしらわれ、そのとおりだと思ったものの、どうしてか胸騒ぎがするのも事実だった。

「早く」

また急かされて、動き出す。きっと考えすぎだろう、そう自身に言い聞かせ、沢木の後ろからオフィスを出た。

数歩歩いたところで、がしゃんとガラスが割れる音が耳に届いた。続いて、鈍い振動が足許に伝わる。はっとし、沢木と顔を見合わせた和孝がさらなる異変に気づいたのは、その直後だった。

「……焦《こ》げ臭《くさ》くないか」

厭《いや》な予感に眉をひそめた途端、けたたましい音が耳をつんざく。

「火災報知器か」

和孝が言おうとした一言を、沢木が低い声で代弁した。

「どこへ行く」

反射的に向きを変えた途端に腕を摑まれる。が、口論している場合ではない。なにかが燃えているなら、自分の目で確認する必要があった。

「放ってはおけない」

たとえ沢木がどう言おうとも、これればかりは譲れなかった。それが伝わったのか、唇を引き結んだ沢木は通用口ではなく、臭いのするほうへ先に立って駆け出した。

玄関ホールまで来ると、前方で煙が上がっているのがはっきりとわかった。

「火事だ」

沢木が呻《うめ》き、和孝は息を呑《の》む。スプリンクラーではどうにもならなかったようだ。

休業中の現在、ＢＭで火の出る確率がどれだけあるか。漏電の可能性はゼロではないとしても、気になるのはさっき聞いたガラスの割れる音と振動だった。

「沢木くん。消火器がそこにあるから」

悠長に考えている時間はない。ことは一刻を争う。ＢＭの玄関ホールや会議室、和孝のオフィス、スタッフルームのある部分は鉄筋コンクリートだが、建物の大半を占める客室のほとんどは木造建築だ。何度も補修してあるとはいえ当時のままの資材も多く使われているので、一度火が回ればあっという間に木造部分は燃えてしまう。

急がなければ。ふたりで消火器を手にして、煙を目指して駆ける。

「……嘘だろ」

火元と思われる部屋の前まで来た和孝が目にしたのは、ごうごうと燃え盛る炎だった。

床の火は調度品や壁にも燃え移っている。

想像を超えた現状を前にして、ぶるりと背筋が震えた。

「もう消火器じゃどうにもならねえ。出るぞ！」

消火器を床に放った沢木が、和孝の腕を摑んだ。

「でも……」

少しの間、迷った和孝だが、ぐいと沢木に腕を引っ張られて我に返った。

沢木の言うとおり、自分たちでどうにかできる状況ではなくなっている。消火器など焼け石に水、すでに選択の余地はなかった。

「──わかった」

頷くが早いか、ノートパソコンを抱え直して来た道順を急いで戻る。必死で走って数分後、漸《ようよ》う外へ飛び出した。

「どうしてこんなことに──」

消防車が到着するまでにはまだいくらかかかるだろう。その間に客室はどんどん燃えていく。敷地が広いおかげで他に延焼被害の及ぶ心配がないのは救いだが、突然の災難に和孝は通用口の前でこぶしを握り締めた。

いまや炎は、外から確認できるほどだ。雲ひとつない夜空に向かって手を伸ばすかのごとく、真っ赤な火が上がっている。

「放火だ」

沢木が吐き捨てた。

「放火？」

「おまえも聞いただろ。あれは、窓ガラスが割られた音だ。誰だか知らねえが、爆発物でも投げ込んだにちがいねえ」

唸《うな》るような声の説明に、二の句を失う。いったい誰がなんの目的でそんな真似をしたのか、考えようとしても混乱して、漫然とその場に立ち尽くした。

「……宮原さんに、連絡しなきゃ」

ようやくそれだけ呟き、震える手で携帯電話を手にする。着信履歴からかけようとしたとき、自分を呼ぶ声に阻まれた。

「マネージャー！」

駆け寄ってきたスタッフは、まだ帰宅の途についていなかったようだ。それとも、建物が燃えているのを目視して、戻ってきたのだろうか。

青褪《あおざ》めている彼らに、和孝は一度深呼吸をしてから口を開いた。

「もう少ししたら消防車が来ると思う」

だから大丈夫と続けようとしたが、その前にスタッフが強くかぶりを振った。

「さっき、サブマネージャーがスーツを取りに中に入ったんです。大事な仕事服だから、置いてはおけないって……っ」

ごくりと喉が鳴った。

村方が、まだ中にいるというのか。

逃げてきた際はまだ、スタッフルームに被害は及んでいなかった。火災報知器が鳴ったあと逃げ出す時間は十分あっただろう。しかし、もし異変を感じた村方が自分たちのように確認しに行ったとしたら——恐ろしい想像が頭をよぎり、うなじにざっと鳥肌が立つ。

「どれくらい、前に？」

肩で息をつきながら問うと、四、五分前だと答えが返った。それなら、もう出てきてもいいはずだ。

唇に歯を立てた和孝は、半ばパニックになりかけているスタッフに頷いた。

「あとは俺に任せて。もし、サブマネージャーが出てきたら、携帯に連絡してください」

和孝自身も冷静さを失いかけている。最悪の事態を想定すれば恐ろしくなり、立っているだけでやっとだった。

けれど、取り乱すわけにはいかない。ここに宮原はいない。この場で判断を下せる立場にあるのは、自分だけだ。

「なにもできねえぞ」

和孝の心中を察したのか、ただでさえ険しい表情の沢木が眦《まなじり》を吊り上げ諫《いさ》めてきた。

それでも、自分の中で傍観という選択肢はすでに消えていた。

「中に戻って、サブマネージャーを捜す」

「冗談じゃねえ！」

言葉尻に被さる勢いで怒鳴られたが、今度ばかりは退く気はない。沢木にどれだけ反対されようと、決意は変わらなかった。

「沢木くんと言い争っている時間はない。いくら止められても俺は行く。ＢＭのマネージャーとして、スタッフを預かっている責任が俺にはあるんだ」

行かせまいとして、沢木が通用口の前に立ちはだかる。

「消防が来るのを待てよっ」

「間に合うと思うか？」

一言反論した和孝は、沢木を押しのけて通用口に向かった。

もし沢木が本気なら、和孝は一歩も進めない。だが、肩がぶつかったとき、後退《あとじさ》りしたのは沢木だった。

「沢木くんが自分の仕事をまっとうしようとするように、俺にも俺の仕事があるんだ」

背後に向かって言い、ドアを開けて中へ入る。スタッフルームまで行けば備品もあるし、水を使うこともできる。

通用口から入り、中へと続くドアを開けるとまだ火は回っておらず、火災報知器の音を除くといつもどおりに思えた。けれど、安心はできない。建物全体が炎に包まれるのは時間の問題だ。

念のため上着を脱ぎ、それで口許を覆ったときだった。

「くそっ」

真後ろで悪態が聞こえてきた。

「危ねえと判断したら、抱え上げてでも外に連れ出すからな」

沢木は忌々《いまいま》しげに舌打ちをする。これまで幾度となく沢木の舌打ちを聞いてきたが、いまほど頼もしく感じたことはない。

おかげで肩の力が少し抜けた。

「ごめん」

何度沢木に無理を通してきただろう。今度も、ついてきてほしいなんて一言も言っていないのに、どんな状況にあっても沢木は沢木で、いまはなによりそれが力になった。

「おまえの無茶はいまさらなんだよ」

ぶっきらぼうな一言とともにまた舌打ちが返る。

「心強いよ」

本心から告げ、沢木と目線で合図すると、スタッフルームを目指して駆け出した。もしかしたら村方はまだスタッフルームにいるのではと、淡い期待もあった。

「村方くん！　いたら、返事してくれ！」

火はまだ見えなくても、館内は異常なほど暑かった。すぐに汗だくになる。

スタッフルームに村方はいなかった。となると、やはり火災報知器が鳴った原因を確かめに行ったのだろう。

「これ」

スタッフルームに常備してある軍手やタオル、懐中電灯等、役立ちそうなものを搔き集め、沢木にも手渡す。悠長にしている場合ではなかったので、おざなりに水を被るとすぐさまスタッフルームをあとにした。

「村方くん！」

角を曲がる前に、靄《もや》のような煙が見えていた。覚悟をしていたものの、オフィスの前まで来たとき、狼狽《ろうばい》せずにはいられなかった。

充満した煙のせいで数メートル先が見えない。まともに目も開けられず、声を張ろうとすればたちまち咳《せ》き込《こ》んでしまう。

濡《ぬ》れた肌が熱のせいでちりちりと痛んだ。

それでもなんとかしようと、ごほごほと咳き込みつつ必死で周囲に目を凝《こ》らすが、人影は確認できない。次第に呼吸も苦しくなる。先に進む足取りも、いつの間にか鈍っていた。

「——もう、これ以上は無理だ。あきらめろ」

沢木が搾り出すように呟いた理由は、和孝にもわかっていた。

すぐ目の前まで火が迫っている。

「ここだけ、確認したら」

和孝にとっては苦渋の選択だった。まだスタッフからの連絡はない。だからといってこれ以上留まると、自分も沢木も逃げ遅れてしまう。あと一ヵ所だけ、と祈るような気持ちで階段を上がり、大広間を目指した。

「――っ」

だが、大広間はすでに手のつけられない惨状だった。真下の部屋を燃やし尽くした火が二階の大広間をも呑み込もうとしていた。真っ赤な炎は床や壁を這《は》い、天井へと上がっていく。

入り口に近づくことすらできなかった。

火の海、と呟いたその直後、ふっと視界が閉ざされる。

「くそっ」

沢木が唸る。館内の電気が落ちたのだ。

最悪の事態に、和孝自身は声を発せられなかった。闇《やみ》に包まれた館内で蠢《うごめ》く炎はまさに生き物同然に見えた。一瞬その赤い生き物に見入り、立ち尽くす。

「柚木《ゆぎ》！」

呆然《ぼうぜん》としていた和孝の耳に、怒号が聞こえてきた。

「急げ！　出られなくなるっ」

切羽詰まった沢木の声を聞き、懐中電灯のスイッチを入れた和孝は震える足を叱咤《しった》して動かす。必死に前に進むがもどかしく、すぐ傍にいるはずの沢木の姿すら不明瞭《ふめいりょう》で、いまにも掻き消されてしまいそうだ。

「沢木くんっ」

言いようのない不安に駆られて名前を呼んだ、そのときだった。建物全体が大きく揺れ、足を取られてよろめいた。

「危ない！」

懐中電灯の明かりの中、前方の壁が崩れていくのを目の当《ま》たりにして、反射的に後ろへ下がった和孝は、注意を促そうと叫ぶ。

次の瞬間だ。

めりっと厭な音を聞いて、頭上に視線をやる。焼き尽くされ、炭と化した天井が音を立てて剝《は》がれる様をはっきりと目視した。はっと息を吞むと同時に、真っ黒な塊《かたまり》が自分を目がけて崩れ落ちてきた。

まるでスローモーションのように遅く感じられるのに、逃げる余裕もなければ、悲鳴も上げられない。

「柚木！」

どこかから聞こえてきた沢木の声も現実味が薄い。ぎゅっと目を閉じた和孝の脳裏にあったのは、またみんなに叱られると、そのことだった。

宮原、冴島、孝弘《たかひろ》、津守《つもり》。一瞬の間に顔が浮かぶ。

聡《さとし》の泣き顔。

久遠――。

叱ってくれるひとがいるというのは、幸せなことなのかもしれない。

なぜか暢気《のんき》にもそんなことを考えたときだった。身体に強い衝撃を受ける。弾《はじ》き飛《と》ばされた和孝は背中から床にぶつかり、転がり、痛みで声を上げた。

いったいなにが起こったのかわからない。

頭を起こした和孝は、咳き込みながら周囲を確認する。みしみしと音を立てて上からぶら下がっているのは、焼け落ちかけた天井板だ。いまにも落ちてきそうな天井を目にして、ぞっとする。

だが、すぐに本当の意味で恐怖するはめになった。

「……沢木、くん?」

床と天井板の五十センチほどの隙間《すきま》で蹲《うずくま》っているのは、沢木だ。手探りで探し当てた懐中電灯を摑み、身を起こして沢木のもとに駆け寄った和孝は、その場で硬直した。

「……っ」

沢木を照らした瞬間、なにが起こったのかすべて悟る。

本来なら天井の直撃を受けるのは和孝のはずだった。沢木に突き飛ばされたおかげで、助かった。

和孝の代わりに、沢木が天井板の直撃を受けたのだ。

「沢木くんっ」

和孝は迷わず天井板を摑んだ。あっという間に軍手は熱で焼け、穴が開く。慎重に沢木の上から天井板を押しやると、足で蹴《け》り退《の》け、沢木の身体を抱え上げた。かかったのは一分程度だったはずなのに、厭になるほど長く感じられた。

「沢木くん、歩けるか？」

したたかに打った肩がずしりとのしかかった重みに悲鳴を上げたが、気にしている場合ではない。沢木の身体を支え、足を踏み出す。

「……こんくらい、なんでもねえ」

はっと沢木は笑い飛ばした。その言葉を信じろというのは無理だ。シャツは裂け、剝き出しになった右半身は焼《や》け爛《ただ》れて血を流している。激痛に耐えているだろうことは接触した身体が伝えてくる。尋常でないほど汗を搔き、震え、浅い呼吸をくり返す沢木の肌から、焦げた臭いがした。

「あ……ああ、大丈夫そうだ」

あえて和孝もそう返す。沢木のため、というより自分に言い聞かせるためだ。

怖くてたまらない。沢木にもしものことがあったらと思うと、恐怖で総毛立つ。

「大丈夫だから、一緒に外へ、出よう」

ふたりで階段を目指して進む。一歩、また一歩と歩く、それだけのことが困難で汗が噴き出した。

「格好よく、タックル、決めたはずだったのに」

荒い呼吸の合間に、沢木は途切れ途切れに喋《しゃべ》る。必死で平静を装っているのがわかり、和孝のほうが音《ね》を上げてしまいそうになる。

「俺の、せいで」

自分のせいだ。

自分のせいで沢木が……。

「意味、わかんねえ」

いつもの決まり文句を言い、沢木が笑う。どんな表情で笑っているのか、確かめる余裕はない。

「おまえが、とろいから、突き飛ばしただけだ」

でも、普段は仏頂面なのに笑いすぎだ。だからこそ不安が募る。

このままでは沢木がもたない。

村方を捜すためとはいえ、沢木を巻き込んだあげく大怪我《おおけが》を負わせてしまった。先を急ぎたいが、沢木は自力では歩けない。足を動かすだけでやっとの状態だ。沢木の体重がずしりと肩にかかっているため、和孝も焦るばかりでままならなかった。

暗闇の中、記憶だけを頼りに歩を進める。後ろを振り返らず、必死で前だけを見る。階段はもう使えなかった。被害の少ない部屋を見つけて窓から飛び降りるしかない。熱と煙、息苦しさで意識が朦朧《もうろう》としてくる。木槌で殴られているみたいに頭ががんがんとして、心臓が悲鳴を上げる。

まるで身体の内側から燃えているようで、床を踏みしめるたびに膝《ひざ》から頽《くずお》れてしまいそうだった。

「ぜ、ったい、大丈夫だから」

あきらめるもんか。

沢木と一緒に、無事に逃げおおせてみせる！

必ず助かると心で叫び、挫《くじ》けそうになる自分を懸命に鼓舞した。

――おまえは本当に危なっかしい。

ふいに、どこからか久遠の叱責が聞こえてきた。久遠は眉間に皺を寄せ、呆れた様子で和孝を見てくる。

もちろん現実ではない。すべて妄想だ。いまここに久遠がいてくれたらという願望が久遠の声を聞かせ、姿を見せているだけなのだ。

――だから、おとなしくしてろと言ったんだ。

承知していながら、自分の頭の中の久遠に「ごめん」と謝る。

本当はいつもわかってたよ。久遠さんが俺をどれだけ案じているか。大事に想ってくれているか。素直になるには、俺は未熟すぎるんだ。

――いいかげん周りに甘えることを覚えろ。

それもわかってる。反抗することで自分を試そうなんて、ばかげてるって。

――もういいから、戻ってこい。

うん。絶対に戻るよ。

「……待、ってて」

頭の中の久遠に答えたとき、がくりと、沢木が体勢を崩した。

咄嗟に沢木の身体を支え、抱え直そうとする。

「もっと俺に、寄りかかっていいから」

だが、当の沢木に拒絶される。

いったいどうしたのかと訝《いぶか》しんだ和孝の前で、沢木は床に座り込んだ。

「俺はいいから、先に行け」

「……っ」

信じられない言葉を聞いて、沢木を見返す。

「なに言ってるんだよっ。置いていけるわけ、ないだろ」

すぐに立たせようとするが、沢木は動こうとしない。胡坐《あぐら》をかいた沢木は、腹を括《くく》ったようにも見え、和孝は愕然《がくぜん》となった。

「ちょっと休むだけだ……俺も、すぐあとを追いかける」

沢木がまた笑った。愛想《あいそ》なんて欠片《かけら》もない沢木が、和孝に歳相応の笑顔を見せる。目を細め、唇の端を上げて、親しみすら感じさせる。

「嘘だ」

和孝はかぶりを振った。

笑っている沢木の言葉なんて信じない。自力で歩けもしないのに、なにが「あとを追う」だ。

「断る。絶対に一緒に出る」

強引に沢木の身体に腕を回し、全力で引き上げた。

「立てよ。沢木くんが立たないと……俺もここを動かない。なにがなんでも立ってもらうからな！」

うわあと大声を上げ、全力を振り絞る。骨が軋《きし》み、ばらばらになりそうだったが、身体の痛みはどうでもよかった。

「立てって！　早く立て！」

無理を承知で命じる。

沢木が舌打ちをした。

「なんだってんだ、てめえはよ」

顔をしかめ、忌々しげに毒づき、雄叫《おたけ》びを上げる。それとともに立ち上がり、ふたたび歩き始めた。

「てめえは、マジで面倒くせえんだ」

沢木の悪態に、ああと頷く。それでこそ沢木だ。出会ったときから変わらず、けっして馴《な》れ合《あ》わない、だからこそ信頼できる男だった。

「行くぞ」

一歩、一歩、ふたりで進んでいく。

絶対に助かってみせる、その思いが和孝を突き動かしていた。

# 3

束《つか》の間《ま》の休息に一服する傍ら、久遠《くどう》は上総《かずさ》の報告に耳を傾ける。不動清和会《ふどうせいわかい》内外の冠婚葬祭はあとを絶たず、個々の対応だけでも相当な労力を割かれる。

しかも代替わりしたばかりだ。久遠自身、若頭としてあちこちに駆り出される機会が多くなった。

それに比例して、木島《きじま》組においての上総の仕事も増えた。久遠は組員をすべて把握しているわけではないが、上総の頭には末端の準構成員まで顔と名前が入っていて、実際に組員をまとめ上げる役目も担《にな》っているのだ。

「顧問の姪御《めいご》さんが結婚するらしい。祝儀を送っておいてくれ」

首を左右に傾けながら指示すると、上総らしい返答があった。

「先ほど花と一緒に手配しました」

久遠は吸いさしを上下に揺らし、苦笑する。

「みなが頼りにするわけだな。あんまり若い奴らを甘やかすなよ」

満更冗談ではなかった。やくざになろうとする若者は、大なり小なり家庭に問題を抱えているケースが多い。先日も、初めて気遣ってもらったというだけの理由で組入りを希望してきた青年がいたが——彼の場合は両親こそ揃《そろ》っているものの、高校生のときから顔すらまともに合わせていないという。

そういう者たちにとっては組が家庭になる。それゆえに、ある程度厳しく躾《しつ》ける必要があった。

「甘やかそうにもできません。満足に箸《はし》も使えない奴もいますし」

ため息混じりでこぼす様を前にして、根っから世話好きな性分だと同情する。口で文句を言いつつ、結局のところ上総は自ら若衆の世話係を買って出ている。

「これから横浜《よこはま》に行ってくる」

デスクの上の灰皿に短くなった煙草《たばこ》を押しつけ、腰を上げた。

「今日はなんの用件ですか？」

うんざりした表情を隠すことなく問うてきた上総に、さあと一言返す。

四代目の座についても三島《みしま》は相変わらずだ。三島の用件はいつも曖昧《あいまい》で、その場に行ってみないと明確にならない。重要な案件もあるし、くだらない雑事もある。割合としてはくだらないことのほうが多いので、嫌がらせだろうかと疑いたくなるときも少なくなかった。

三島ほど要領のいい男はそうそういない。計算高い一面をうまく隠し、周囲には親しみやすく豪胆な四代目と印象づけている。

久遠を気に入っていると公言して憚《はばか》らないのも、三島の計算にちがいなかった。

「三島さんが、あなたをこき使いたいがために若頭にしたのだとしても驚きません」

上総の厭《いや》な分析に、覚えず眉間《みけん》を指で押さえた。それは考えすぎだ、と言い切れないところが、まさしく三島という男を的確に表している。

もっとも三島が単に嫌がらせや暇潰《ひまつぶ》しという理由のみで連絡してくるとは考えられなかった。したたかな男だ。不動清和会のトップである三島自身とナンバー2の自分との良好な関係を周囲に見せつけることには必ず意味がある。

さしずめいまは、力を失った斉藤《さいとう》組に対する牽制《けんせい》だろう。三島のライバルだった植草《うえくさ》の死については、三島、もしくは久遠の仕業だという噂《うわさ》が根強く残っている。

自分との良好な関係を見せつけることで、斉藤組が報復しにくくなっているのは事実だし、久遠に対しては、裏切るなと無言の圧力にもなる。

「あのひとは計算高いぶん意外なくらい細かい男だから、俺のことが信用できないんだろう」

久遠にしても三島を信用していない。植草の件では、いつ責任を押しつけられてもおかしくないと思っているので対策も練ってある。

ようするに、うまくやっていくことが不動清和会のためになるうちは、どれほどの茶番にもつき合うつもりでいた。少なくとも当分の間は、互いに必要な人間であるのは間違いない。

デスクを離れようとした久遠は、室内に響き渡った着信音に足を止めた。

デスクの上の携帯電話を手に取る。かけてきたのは宮原《みやはら》だ。

『……久遠さん』

めずらしく宮原は動揺しているようだ。第一声は掠《かす》れていて、荒い呼吸も耳に届いた。

「なにかありましたか」

久遠の問いかけに、硬い口調で切り出される。

『僕も……いま聞いたばかりで、向かっているところなんだ。いったいどうなってるのか……まだぜんぜんわからなくて』

要領を得ない口上に眉根《まゆね》を寄せる。宮原がここまで取り乱すなど、よほどの事態だ。

「誰から、なにを聞いたんですか」

久遠が具体的な質問をすると、一拍の間のあと、震える声が告げてきた。

『BM《ビーエム》で火災が起《お》こっているみたいです。それで』

厭な予感に頬が強張《こわば》る。まさかと頭に浮かんだ疑念が、次の瞬間、現実となった。

『柚木《ゆぎ》くんが、中にいるって――』

「――」

これまで幾度となく危機的状況に陥《おちい》った。和孝《かずたか》を守るには限界があり、実際、何度も危険な目に遭わせてきた。

　そのたびに最善の策で対処してきたし、成果もあげてきたが。

「もう一度、言ってくれ」

　今回は、過去のどのケースともちがう。自分の耳を疑い、携帯電話を握り締める。いや、疑ったわけではないのだろう。事実を認めるのに猶予が欲しかったのだ。

　宮原が息をついた。

『BMで火災が起こって、柚木くんが、まだ館内に残ってるってスタッフから連絡がありました。BMは古いので……あっという間に火が回ると思います』

　悲壮感の滲《にじ》んだ声音から、火災の程度が窺《うかが》える。和孝が中に残っているのは、逃げられない状況にあるからに他ならなかった。

　久遠は一度目を閉じた。その後、電話を切るや否や自室をあとにする。

「なにか、あったんですか」

　追ってきた上総にエレベーターの中で問われ、いま聞いたばかりの話を口にした。

「BMで火災が起こった」

「放火でしょうか」

　顔をしかめた上総に、おそらくと返す。BMにも敵はいるし、このタイミングなら宮原の件と繋《つな》げて考えるのが妥当だ。

「和孝が中にいる」

そう続けた久遠に、上総の頬がぴくりと引《ひ》き攣《つ》った。

「それで――」

強張った顔で先の情報を求められたが、首を横に振るしかない。あまりに情報が少なすぎるし、まずは現状を把握するのが先決だった。

「私も一緒に行きます」

上総の申し出を一度は断ろうとしたものの、結局ともに事務所をあとにした。

車の後部座席で、その理由について思い当たる。ようするに自分は、あらゆる可能性を想定したのだ。ひとりで対処するには困難なケースも想像し、無意識のうちに承諾したのだろう。

車中では一言の会話もなかった。久遠よりよほど深刻さを漂わせてハンドルを握る上総の後ろ姿を目にしながら、携帯電話を手にする。何度か呼び出し音を鳴らしたが、応答はなかった。

自分でも意外なくらい思考は明《めい》瞭《りょう》だ。

――あんたってさ。取り乱したことある？　いったいどういう状況に陥ったら取り乱すんだろ。冷たいっていうか、温度を感じないっていうか。

再会して間もない頃だったか、詰《なじ》ってきた和孝の言葉を思い出す。いっそ興味が湧《わ》くとまで言われて、久遠は苦笑いするしかなかった。

取り乱したことがあるかと聞かれれば、ないと答えざるを得ないが、正確には取り乱す余裕もなかったと言ったほうが正しい。両親の死を調べる過程においてもっとも不必要だったのが、それだったからだ。

頭で考え、行動に移し、自分が望んだとおりの結果を得るには常に冷静でいる必要があった。とはいえ、こういうときも感情的になれないのは、癖というより本来持っている性分のような気もする。

「なにがあっても、どうか無茶はなさらないでください」

緊張感に満ちた上総の言葉について考える。上総は、最悪の場合を予感しているのかもしれない。

「俺は——どう見える？」

どんな答えを望んで聞いたのか、自分でも判然としなかった。

まっすぐ前を向いたままの上総が、わずかに眉をしかめたのがミラー越しに見えた。

「普段どおり落ち着いて見えます。でも、少しも迷わず部屋を出たあなたが——心配でもあります」

指摘されて、そうかと気づく。宮原からの電話を切ったあのとき、組のことや自分の立場を忘れた。冷静だと思っていたが、その時点で冷静ではなかったということか。

かつて和孝が久遠と敵対する砂川《すなかわ》組の組員に捕らえられたときも、因縁の相手である白朗《バイラン》に拉致《らち》されたときも、必ず救い出せると信じていた。策を練って計画に従っていけば、助けられると疑わなかった。

しかし、いまの自分はその確信が持てないらしい。たったひとつの打開策も浮かばず、丸腰も同然だ。

「あれは……」

上総が絞り出すような声を漏らす。

その理由を久遠もわかっていた。離れた場所からでも、ＢＭの炎が確認できた。

「──急いでくれ」

いままで以上にスピードが上がった車中から赤く染まった空を熟視しながら、頭の中で、急いで行って自分になにができるだろうかと疑念が湧く。

ふと組んだ両手に目を落とした久遠は、指先が震えていることに気がついた。それを目にして、初めて自分が恐れているという事実を悟る。

世間一般よりずっと命が軽視される世界に長らく身を置いてきて、何度かひとの死に直面してきた。しようがないとあきらめることで鈍感になっていた自分が、いまはこれ以上ないほどに恐れているのだ。

ほんの二、三時間前には顔を合わせ、話をした。

——俺、自分のことがあんまり好きじゃなかった。

和孝は、自身について話すのが苦手だ。久遠の場合は、特に必要を感じないせいで必然的に口数が減るのだが、和孝があまり話さないのは、そうすることで自分の内面を隠そうとしているふしがある。

その和孝が、本音を吐露したのは、当面同居生活を送ることに対する予防線かもしれない。久遠自身、いまの関係が心地よく、変えることを望んでいなかった。

——で？　我慢してつき合おうってくらい、あんたは、俺のどこがいいわけ？

考えたこともないというのは、事実だ。和孝にしても、なぜ唐突にあんな台詞《せりふ》を口にしたのか。

組んだ手を解く。

手のひらが汗で湿っていた。不快感から眉根を寄せた久遠は、そのまま強くこぶしを握った。

駐車場は騒然としていた。数台の消防車の間を消防士たちが駆け回っている。

上総は中へは入らず手前で車を停めた。

「私が状況を聞いてきますので、あなたはまだ車から出ないでください」

口早に上総がそう言ってきたが、車から出た久遠は駐車場へと歩を進める傍《かたわ》ら、まず状況を把握するために周囲に視線を向けた。

より激しく燃えているのは、客室のある方面だ。木造部分を燃やし尽くすまで火の勢いは弱まりそうにない。

十中八九《じっちゅうはっく》建物じゅうに煙が充満しているはずだ。

遠巻きにしているのはＢＭのスタッフだろう、中には見知った顔もある。みな肩を寄せ合い、不安そうに消火作業を見つめていた。

和孝は、どこだ。

まだ、あの火の中に取り残されているのか。

「久遠さん！」

呼ばれてそちらに目を向けると、宮原が駆け寄ってきた。一緒にいるのは、ドアマンの津守《つもり》だった。彼も宮原に呼ばれたのだろう。

「和孝は」

開口一番に問うと、宮原は双眸《そうぼう》を揺らす。

「わかりません。スタッフの話では、中に残されたサブマネージャーの……村方《むらかた》くんを助けるために柚木くんが戻ったみたいです。村方くんは、少し前に自力で出てきて無事でした。あと……もうひとり柚木くんの傍《そば》にいたと聞いてます」

沢木《さわき》にちがいない。

車中から電話をかけたとき、沢木は出なかった。もしかしてと思ったが、やはり和孝と一緒にいるようだ。

「──きっと、大丈夫」

宮原が唇に歯を立てた。両手を合わせているのは無意識だろうか。一度として神に祈ったことのない久遠にはわからない。

燃え盛る洋館に視線を戻したとき、ぐいと腕を摑《つか》まれた。

「駄目です」

上総は、久遠の腕を引くとかぶりを振った。

「堪《こら》えてください」

どういう意味でそう言ったのか怪訝《けげん》に思った久遠だが、上総の表情から自分が建物に向かって足を踏み出していたと知る。

「なにがあっても、私はあなたを行かせるわけにはいきません」

自分は中へ入ろうとしていたのか。制止の言葉でそれを自覚した久遠に、上総が炎を映した双眸で訴えてくる。

「あなたの身になにかあったら、木島組は潰《つぶ》れます。組員が路頭に迷うだけじゃありません。その家族もです。だから、私はなにがあろうとこの手を離しません。たとえ柚木くんを見殺しにすることになっても、です。罰なら、あとでいくらでも受ける覚悟です」

真剣な口上だが、半分も耳に入らない。車中ではまだ働いていた思考も止まり、いまはひとつのことしか考えられなかった。

「——放せ」

低く威嚇する。上総は腕を放すどころか、いっそう強く摑んできた。

「厭です。沢木が一緒なら、彼を信じて任せましょう」

すがるような説得もなんの抑止力にもならず、力任せに上総の手を振りほどいた。

上総が正しいことくらい、百も承知している。自分の立場についてもいまさらだった。わかっていても、どうしても待つことができないのだ。

「俺になにもせず、ここでふたりを待てと？　沢木は子も同然だ。和孝は——」

唐突に寒気に襲われる。大きく呼吸をした久遠は、まっすぐ上総を見据えた。

「和孝を失うことに、俺は耐えられない」

自分でも驚くような一言を発する。だが、たとえ誰に非難されようとも撤回するつもりはなかった。

「…………」

なにか言いたげに上総が口を開く。しかし、その先はなにも言わず、唇を痙攣《けいれん》させた。

もう引き止めようともしない。赤く染まる周囲に反して、上総の面差しは青褪《あおざ》めてすら見えた。

視線を外した久遠は、前方からの声に首を巡らせた。

「俺が中に入ります」

津守だ。

津守の家は、代々宮原の生家である奥平《おくだいら》家の警護を務めてきた。現在は警備会社を経営しているが、本人の言ったとおり、白朗の一件で津守は期待以上の働きを見せてくれた。

「この中でふたりを助けられるとすれば、訓練を受けている俺です」

そう断言すると同時に、身をひるがえす。通用口に向かう津守の背中を見送る間に、どうすべきかと一瞬迷った久遠は、耳に届いたひときわ高い喚声にはっとした。

意識をそちらに向ける。誰かの叫び声に、駆け寄っていく数人の足音が続いた。

なにかあったようだ。

「待て」

津守を止めた久遠は、熱風にのって微《かす》かに届いた言葉に息を呑《の》んだ。

誰かが、マネージャーと呼んだ。宮原や上総、津守の耳にもその声は届いたのだろう、久遠と同時に彼らも駆け出した。

取り囲んでいる数人の背中が見える。そのときには、はっきりと叫び声が確認できた。

「助けて！」

悲鳴のような声。この声を、久遠が聞き間違えることはない。

人垣の間から姿が見える。

地面に座り込んではいるものの、顔は上がっていた。

「和孝」

久遠と視線が合ったその瞬間、和孝は周囲の目も構わずにくしゃりと顔を歪《ゆが》めて喚《わめ》き出《だ》した。

「久遠さん、助けて！　沢木くんが……沢木くんが」

救急隊員がなんとか落ち着かせようとするが、和孝には周りが見えていないようだ。しゃがれた声で叫び続ける。

状況を把握した久遠は傍に寄り、膝《ひざ》をついた。

「頼むから、助けて……沢木くん、俺の代わりに……こんなことに……俺、沢木くんがいなかったら、死んでたんだ」

わああと声を上げる和孝は、両腕に沢木を抱きかかえている。地面に身体《からだ》を投げ出した沢木は、外へ出たところで意識を失ったのだろう、手足をだらりと投げ出したまま動かない。外灯《ただ》に映し出された右半身の肩から腕にかけて衣服は焦《こ》げ、剝《む》き出《だ》しになった皮膚も赤く爛れている。

なにがあったのか、問うまでもなかった。

沢木は和孝を庇《かば》って火傷《やけど》を負ったのだ。和孝は傷ついた沢木を支えて命からがら脱出したようだ。煤《すす》で汚れた髪や身体のあちこちにガラスの破片が付着している。

「――沢木」

久遠が呼びかけると、ぴくりと痙攣《けいれん》してから沢木の瞼《まぶた》が持ち上がった。

「ゆ……ぎは……」

朦朧《もうろう》としているのか、視線が彷徨《さまよ》う。こういう状態でもなお自分の責務を果たそうとする沢木に、深く頷《うなず》いた。

「よくやった。おまえのおかげで、無事だ」

煤に塗《まみ》れた面差しに安堵《あんど》の色が浮かぶ。

――あれを部屋から出すな。

最初に久遠が沢木にそう命じたのは、目の前にいたからだ。特に理由はなかった。

二度目は、適役だと思い選んだ。

どうやら考えるところがあったらしく、以降は、沢木自ら志願して和孝の警護に当たった。

――俺にやらせてください。

沢木の双眸には強い意志が感じられた。沢木でなかったら、いま頃結果はちがったものになっただろう。

「……に、ひとのことばっか気にしてるんだよ。勝手に死んだら、絶対許さないっ」

和孝がひくりと喉《のど》を鳴らしたそのとき、担架がやってきた。

担架にのせられることを一度は断り、運ばれていく沢木に付き添うために自力で立ち上がった和孝だが、すぐによろめき、おとなしく救急隊員に従った。

和孝自身、満身創痍《まんしんそうい》だ。黒く汚れた頬や顎《あご》には血が滲み、右足を引きずっている。

「久遠さん。俺——」

救急車に乗せられる直前、頭を上げて自分の名前を口にした和孝に、久遠は大きく胸を喘《あえ》がせた。

「無事でよかった」

心からの言葉を告げると、和孝の顔がくしゃりと歪む。

「……う、ん」

その表情はどれほど危機的な状況であったかを物語っていて、ここがどこであるか一瞬忘れた久遠は歩み寄り、和孝の髪に触れて、よかったと再度口にした。

真意は伝わったようだ。和孝は小さな声で何度も「うん」とくり返す。

「俺は病院につき合えない。ひとりで平気か？」

自分が同行すると、病院側が受け入れを渋る可能性がある。四代目争いを含め、テレビや週刊誌で不動清和会のニュースが続いたせいで一般人にまで顔が知られてしまった。

そうでなくとも、堅気でないのは伝わるものだろう。長い極道生活で失ったものは普通の生活だけではなく、人生観そのもので、血の一滴までやくざになったのだと自覚している。

「平気。沢木くんには俺がついてる。あとで電話するから」

深く頷いた和孝は、微かに笑みを浮かべてみせる。心細いときほど強がるとわかっていたものの、気づかないふりをして身を退いた。

「どなたか付き添いの方はいらっしゃいますか」

声を上げた救急隊員に、津守が手を上げる。

「はい。俺です」

扉が閉まるまでその背中を見ていた久遠は、救急車が走り出すのを待ってから、上総とともに車へ戻った。

火はまだ消えていないが、木造部分が全焼したせいか、鎮火に向かっている。BM以外周辺になにもないことが幸いした。延焼を避けられたし、野次馬の好奇の目にさらされずにすんだ。

「最近BMに関して不穏な動きがなかったか、情報を集めてくれ」

帰路の車中で、運転席の上総に指示する。宮原の件と今回の放火に関係があるのかないのか、現時点では判断できない。斉藤組の誰かが報復のために久遠が出資しているBMに火をつけたという可能性もゼロではなかった。

「わかりました」

ルームミラーを調整しながら、上総が承諾する。常に冷静な上総にしてはめずらしく、まだわずかに語尾が掠れていた。

自分でも気がついたのだろう、ため息混じりの言葉をぽつりと漏らす。

「なんでしょうね。若い奴が傷つくのを見ると、組に入れるべきではなかったと悔やみそうになります」

上総らしからぬ弱気な発言は、本心からだとわかる。生まれついての極道である上総は、本来情の深い男だ。

そうだな、と久遠は一言だけ返した。一般社会の正解は、必ずしもやくざの世界の正解ではない。上総にしても、無意味な後悔だと承知の言葉にちがいなかった。

「病室の警護はどうしますか」

通常なら、見舞いと称して入れ替わり立ち替わり組員を送り込むところだ。思案した久遠は、首を横に振った。

「しばらく様子を見る」

宮原関連のトラブルだとしても、斉藤組の報復だとしても狙《ねら》いはBMだ。放火犯は病院より、BMに戻る確率のほうが高いにちがいない。

それに、和孝が傍にいる以上、病院側との揉め事はできるだけ避けたかった。

事務所に到着するとすぐに、上総が久遠の指示を実行する。エレベーターでひとり自室に上がった久遠は椅子《いす》に腰かけ、デスクに両足を上げた。

灰皿を引き寄せてから、煙草に火をつける。

手のひらに付着している黒い汚れは煤《すす》だろう。スーツからも焦げた臭いがする。和孝の無事を確認したときを思い出し、冷静が聞いて呆《あき》れると失笑した。

炎を上げるBMを目の当たりにしたあの瞬間、久遠はすべてを忘れた。和孝と沢木、ふたりさえ無事ならBMなどどうでもいいと思ってしまったのだ。

いや、もしかしたら和孝のことで頭がいっぱいだったかもしれない。上総に向かって咄《とっ》嗟《さ》に口走ったあの言葉は、まさに本音だった。

それが証拠に、和孝の姿を目にしたとき、心底安堵し、身体から力が抜けた。

「まさに弱点だな」

丸い煙を吐きだす。

――で？　我慢してつき合おうってくらい、あんたは、俺のどこがいいわけ？

いま考えても、なにも思い浮かばない。次に聞かれたときは適当にあしらうつもりだったが、久遠自身、なんらかの答えを出したくなった。

ドアがノックされる。続いて名乗った上総を中へと促したあと、足をデスクから下ろした。

室内に入ってきた上総は首尾を報告し、最後に付け加える。

「ふたりは樟陽《しょうよう》病院に運ばれました。沢木はSICUに、柚木くんは夜間診療に回されたようです」

久遠が顎を引いたそのタイミングで、今度は上着のポケットの中の携帯電話が震え出す。上総の報告を人差し指で中断し、通話ボタンを押した。

『久遠さん？　沢木くん、いま集中治療室に入ってる。意識はあったし、きっと大丈夫だから安心して。俺が沢木くんについてて、ちゃんと連絡するし』

和孝は一気に捲し立てると、大きく咳《せ》き込《こ》む。煙を吸ったせいか、声は嗄《か》れ、ところどころ聞き取りづらい。和孝のことだから、自身を顧みず沢木を案じているのは明白だった。

「おまえは？　ちゃんと診《み》てもらったのか」

大きな怪我《けが》はなかったように見えた。しかし、外灯の明かりで確認したにすぎないし、興奮状態にあるため本人はろくに痛みすら感じていないようだった。

『俺は平気。沢木くんが庇ってくれたから……』

同じ台詞をくり返す和孝に、久遠は目線を上総に向ける。上総は半身を返し、部屋を出ていった。

「失礼します」

　ドアが閉まってから、ふたたび口を開く。

「今夜は休め。いま伊塚《いづか》を向かわせたから、沢木のことは気にしなくていい」

　若頭補佐の有坂《ありさか》が連れてきた伊塚は医学部出身で、先日、久遠が被弾した際に処置してくれた。和孝とも面識がある。

『だから、俺はなんともないんだって』

　即座に拒否する和孝の様子が目に見えるようだ。自分は大丈夫だと言い張って医師を困らせているにちがいなかった。

『それに、病室でじっとしていたらどうにかなりそう』

　予想どおりだ。ベッドに縛りつけでもしない限り、ゆっくり休ませるのは難しいだろう。本人が無理をしているという意識が薄いだけに始末が悪い。こういうときの和孝になにを言っても無駄だった。

「これ以上俺を心配させるな」

　ため息混じりでそう言うと、わかってると殊勝な言葉が返ってきた。

『ごめん。心配かけて――あと、俺が無理言ったせいで沢木くんに怪我を負わせたことも、申し訳なく思ってる』

　しゃがれ声での謝罪には、どう答えようかと迷う。いくら宥《なだ》めたところで、和孝の罪悪感が消えるわけではない。

「沢木の目が覚めたら、おまえから褒めてやってくれ。あいつには一番の薬だ」

結局、久遠は沢木を持ち出した。

沢木も、和孝の身を気にかけているはずだ。和孝と沢木は、一見真逆のようで根っこのところではよく似ている。ふたりとも家族縁が薄く、頑固だ。こうと決めたら梃子《てこ》でも動かず、たびたび周囲を呆れさせるのだ。

もとよりそこが魅力であり、信頼にも繋がる。

『……うん』

小さな返事をしたあと、

『じゃあ、もう切るから』

どこか名残惜《なごりお》しげな声を聞かせる。口でどう言おうと心細いのかもしれない。久遠は、電話を長引かせることにした。

「昼間の質問の答えだが」

いや、もしかしたらそれを望んだのは自分のほうかもしれない。声を聞いているだけで気分がよかった。

『え。答えが見つかったんだ?』

うやむやにされると思っていたのか、和孝は意外そうに聞き返してきた。

「まだだが――ちゃんと考えておく」

『なにそれ』

呆れたような声音で責められる。

『どうせ適当に流すつもりだったんだろ。いいよ。期待せずに待ってるから』

ふんと鼻を鳴らした和孝に、久遠は苦笑いを浮かべた。いまの一言で、これまで自分が和孝にどういう態度をとってきたかわかる。

「期待していい」

この返答には驚き半分、疑念半分というところか。和孝は困惑ぎみに小さく唸った。

『じゃあ』

「ああ」

いつもの言葉を最後に、電話を終える。携帯を置いた、同じ手で短くなった吸いさしを灰皿に押しつけると、すぐにまた通話ボタンを押した。

『はい。伊塚です』

伊塚は樟陽病院に向かっている途中だろう。二本目の煙草をデスクで弾きながら、指示を与える。

「和孝の怪我の程度も医者から聞き出してくれ。もしそれが難しいなら、本人を裸にしても構わないから診ておけ」

電話では和孝の意思を尊重したとはいえ、本人の身体が耐えられるならというのが条件だ。もしそうでなければ、無理やりにでもベッドに留めるつもりでいた。

久遠の言葉を聞いた伊塚は、『う』と声を漏らした。

『あー……彼を従わせるのは至難の業だと思いますが、できる限りの努力はしてみます』

電話を切ってから、煙草に火をつける。

「まったく」

たった数回顔を合わせただけの伊塚にすら至難の業と言わせることに、いっそ感心する。

自分が好きじゃなかったと久遠に話したくらいだ。和孝本人は、自身を変わったと思っているにちがいない。実際、考え方や意識の変化はあったようだし、十七歳の頃や再会した当初に比べれば、久遠の目にもずいぶん落ち着いて見える。

半面、外見が大人びても、経験を重ねて多少性格が丸くなったとしても、根幹はあの頃とあまり変わっていなかった。

きっとこれから何年たとうと和孝はいまのままだろう。自分のような男の傍にいても染まらずにいるのだ。

だからこそ和孝は替えのきかない特別な存在だと、今回の件で久遠はその思いをより強くしていた。

久遠への電話を終えたあと、ＳＩＣＵの前に戻りうろついていた和孝は、看護師に見つかり病室へ強制連行されるはめになった。沢木の傍にいるという訴えも、許可しないと強い口調で撥《は》ねつけられ、渋々従ったのだ。

沢木のおかげで和孝の怪我は捻挫《ねんざ》と打撲、あとは天井板を除去する際に負った手のひらの火傷ですんだ。防衛本能が働いたのか、それとも沢木の体重のせいか、終始身を屈《かが》めていたのが功を奏し吸い込んだ煙の量も思ったほどではなかった。それでも外傷の処置と点滴は必要らしく、数日の入院を命じられた。

左手の四本の指が軽傷だったのが幸いだった。でなければ電話をかけるどころか、携帯を耳にもっていくことすらできなかっただろう。

『これ以上俺を心配させるな』

久遠の一言を聞いて、胸が熱くなった。感情的になり、睫毛《まつげ》がじわりと濡《ぬ》れたが、瞬《まばた》きをしてなんとか堪えた。

電話でよかった。直接聞いたら泣いていたかもしれない。久遠には何度か泣き顔をさらしたが、これ以上恥を重ねたくはなかった。

電話を終えようとしたとき、

『昼間の質問の答えだが』

唐突に、久遠が切り出してきた。

昼間の質問がなにを指しているのか、和孝にはすぐにわかった。

「え。答えが見つかったんだ?」

口では必ずと言ったものの、本気で久遠が答えを出してくれるとは思っていなかった。そのため、予想外の展開に、深刻な状況にもかかわらず期待で胸をときめかせてしまった。

『まだだが——ちゃんと考えておく』

答えを聞いて拍子抜けした。結局、まだ考えてもいないということだ。

いや、ここは考えておくと口にした事実を喜ぶべきか。期待せずに待ってると返して、短い電話を終えた。

点滴を受けながら、しんと静まった病室で天井を見上げていると、瞼の裏が赤く染まる。炎の色がこびりついているのだ。

炎の中で、もう駄目かもしれないと何度も思った。そのたびに久遠の顔を思い浮かべて——そのおかげで、ここでは死ねない、沢木を死なせるわけにはいかないと自分を励ますことができた。

「暇だな」

和孝の入院準備をするためにいったん帰っていった津守が戻ってくるまで、しばらくかかるだろう。

もう一度久遠に電話をしようかと、ちらりと心が動く。病室で電話をかけていいかどうか問うまでもないが、暇だし、少しだけならと誘惑に駆られる。

迷っているうちに、病室のドアがノックされた。

「はい。どうぞ」

慌てて携帯電話をサイドテーブルに置いて答えると、静かに開いたドアから現れたのは医師でも看護師でもなく、見知った顔だった。

「怪我の具合はどうですか」

病室に入ってきた伊塚を見て、反射的に上半身を起こそうとしたものの、すぐに止められる。伊塚から久遠に逐一報告がいくのは目に見えている。ここはおとなしく従っておくべきだと考えて、和孝は横になったまま応じた。

どうやら気弱になっているらしく、伊塚の訪問は素直に嬉《うれ》しかった。

「火傷を負ったのは手のひらだけですし、焼けた軍手をすぐに外したのがよかったみたいです」

包帯の巻かれた両手を掲げて見せると、伊塚が頷く。こうしていると、どちらかといえば優男《やさおとこ》的な風貌《ふうぼう》の伊塚はとてもやくざには見えない。すっきりとした顔立ちにも育ちのよさが表れている。

「それより、沢木くんの容態は聞いてますか？　看護師さんに強引にここに連れてこられたから、確認できなくて」

「ここに来る前に、ドクターを捕まえて質問攻めにしました。この病院、セキュリティ的にはゆるゆるで、兄だと言ったら信じてくれました。まずいですよね。で、肝心の沢木くんの容態ですが、あと少し遅かったら気道をやられて厳しかったかもしれないと言われました」

「つまり」

遠回しな説明に焦れながら問うと、微かな笑みが返った。一度目より深く頷く様を確認して、和孝は反射的に顔を伏せていた。

「よかった、です」

絶対に助かると信じていた。裏を返せば、それは、信じなければいられないほど沢木が重態だとわかっていたからだ。

「SICUは明日にも出られるみたいです。いまは眠っていますが、直前まで医師を脅していたというくらいですから。彼は本当にタフですね」

なにより望んでいた言葉を聞けて気が緩んだせいか、目頭が熱くなる。大丈夫と自分に言い聞かせている中、ふとした瞬間に、もし沢木の身に万が一のことがあったらと疑心に囚われ、怖くてたまらなかったのだ。

「本当に。タフで、ばかみたいに頑固で、すごくいい奴です」

顔を上げて伊塚に笑いかける。

「そうですね」

同意した伊塚は、手にしていた紙袋から丁寧に包装された箱を取り出すと、サイドテーブルの上に置いた。

「もしよければ、食べてください」

どうやら見舞いの品のようだ。さわやかな外見も含め、話し方も雰囲気もまさに好青年だ。やくざになったのは、よほどの事情があるのかと好奇心が湧いたが、問うことはしなかった。人間は一面だけではわからない。

「ありがとうございます。いただきます」

包帯を巻いた両手を上掛けの上で揃え、頭を動かして礼を言う。

「いえ」

一礼で応《こた》えた伊塚は、乱れていた上掛けの足元を直してくれた。

「お邪魔しました。俺は沢木くんに付き添ってますので、用事があるときはなんでも言ってください。あと、宮原さんがいま事情聴取を受けているようですが、明日あたり警察がここにも来るでしょうから、まあ、適当にあしらっておいてください。今回の件については、うちも調べています」

警察よりも先に犯人を突き止めようというのだろう。ＢＭに火をつけた理由はなんであれ、久遠が出資者である以上、犯人は木島組に楯突《たてつ》いたも同然だった。久遠が手をこまねいているわけがないし、それなりの報いを受けさせるはずだ。

「わかりました」

和孝がそう答えると、伊塚はドアへ向かう。立ち去る前に、足を止めて振り返った。

「久遠さんには、柚木さんは眠っていたと伝えておきます」

強引に病室に連行された件は黙っておく、と言っているようだ。しかし、和孝が引っかかったのは、それではなかった。

「伊塚さん、久遠さんのことを『久遠さん』って呼んでるんですね」

不思議な感じがしただけで責めたわけではなかったのに、伊塚にとっては失言だったのか「しまった」という顔をした。

「あ……ついうっかりしました。他のひとにバレたら怒られるんで、内緒にしてくださ い。じつは俺、まだ誰とも盃《さかずき》は交わしてないんです。有坂さんに親子の盃を交わしてほしいって申し出たんですが、親は一生ものだから急ぐことはないって言われて――だから、いまだに兄貴も親もいないんですよ。そんなあやふやな立場でうちの組長を名前で呼んだなんて知られたら、俺、本当にやばいんで」

胸で十字を切る様に、和孝は吹き出す。伊塚は、やくざの世界では本当に変わり種だ。もしかしたら有坂は、伊塚の親は久遠がいいと思っているのでは、そんな考えがふと頭をよぎった。

「誰にも言いません」

和孝の答えにほっとした表情になった伊塚は、再度頭を下げてから出ていく。病室にひとりになった和孝の耳に、携帯電話のバイブ音が届いた。

「まずい」

久遠に連絡したあと電源を落とすつもりだったのに、うっかりしていた。慌てて相手を確認した和孝は息を呑み、ここが病室だというのも忘れてその名前を口にした。

「――聡《さとし》」

聡の面差しを思い描きながら、携帯電話の向こうに声をかける。あまりに久しぶりで、自分が普通に話せているのかどうかわからなかった。

『和孝！　よかった。無事なんだね。ＢＭが火事になったってニュースで見て、心配で……居ても立ってもいられなくなって電話したんだ』

よほどショックを受けたのか、昂奮《こうふん》状態の聡はめずらしく強い語調で捲し立てると、大きく息を吐いた。

「俺はなんともないよ」

携帯電話を通じて和孝にも聡の気持ちが移ったようだ。鼓動が速くなり、肩を上下させる。元気で頑張っていると信じていたが、想像するのと実際に声を聞くのとではちがう。心なしか、自分の知っている聡の声よりもやや低く、大人びたようにも思えた。

きっと顔立ちも当時とは変わっているのだろう。背丈も伸びただろうか。

「心配してくれて、ありがとう」

少し緊張しつつ礼を言った和孝に、ふっと聡が笑った。

『なんだか、変な感じ。お互いにちょっと遠慮がちになってて、一緒に暮らしていたときとはちがうなあって思う』

和孝が実感している距離感に、聡も気づいていた。しかし、それは物理的に離れて暮らしているからというより、身を寄せ合っていた頃と比べたら互いに少しは成長した証拠かもしれない。

「まあな。けど、俺にとっては、あの頃もいまも変わらずおまえは大事な家族だよ」

嘘偽《うそいつわ》りない本心だった。たとえ一緒に暮らした期間は短くても、家族と聞いて真っ先に思い浮かべるのはいまでも聡だ。

『うん。わかってる。だから、僕、恥ずかしくない人間になりたいんだ』

迷いのない一言に、胸が震えた。

聡の望みが叶《かな》うか叶わないかなんてどうでもいい。目標に向かって最大限の努力をすることこそ、和孝の気持ちを熱くするのだ。

「恥ずかしい人間のわけないだろ。俺は、おまえを誇りに思うよ」

心を込めてそう言うと、聡は照れくさそうに礼を言った。

『じゃあ』

「また」とか「会いたい」とか、喉まで出かけた言葉を呑み込む。きっと聡も同じはずだ。そう信じながら、

「元気でな、聡」

最後にもう一度名前を呼んでから、短い通話を終えた。久しぶりに聡の声を聞いたせいか、身体の中で停滞していた空気が動き出したような感覚になる。聡の成長を頼もしく思うと同時に、少し寂しい心地もした。

感傷に浸っていると、病室の扉がノックされた。

「柚木くん、入っていい？」

宮原だ。

「あ、はい。どうぞ」

ベッドから慌てて上半身を起こす。病室に入ってきた宮原は、和孝を見ると柔和な顔をくしゃりと歪めた。

「駄目だよ、横になってなきゃ」

宮原に注意され、大丈夫だと返したが、強引に寝かされる。普段がいつもにこやかな宮原だけに、似合わない眉間の皺に胸が痛んだ。

今度の件で誰よりショックを受けているのは、きっと宮原だ。

「いま事情聴取が終わったところ。たぶん、明日か明後日《あさって》くらいにここにも警察が来るんじゃないかな」

パイプ椅子に腰かけた宮原が、疲れた様子で前髪を掻《か》き上《あ》げる。いったん口を閉ざしたその間、和孝は無言で先の言葉を待った。

「誰が放火したのか、僕にはまるで見当がつかない。柚木くんもわかっていると思うけど、心当たりはあるんだ。でも、こういう乱暴なやり方をする人間となると――わからなくなる」

ぽつりぽつりと話す宮原に、頷く。和孝も一時はアルフレッド・スペンサーの嫌がらせかと考えたけれど、確信は持てない。宮原の口振りからも、アルフレッドは除外するべきだろう。貴族と放火なんて、もっとも結びつかない。

「小笠原《おがさわら》さんは？」

彼が手っ取り早く更地にしようとしたのではないか、という疑いも頭に浮かんだが、宮原の答えを聞くまでもなく打ち消した。小笠原がせっかくアルフレッド・スペンサーを味方につけても、犯罪行為に至っては無意味になる。

「さすがにないんじゃないかな。彼にとって好都合な展開とは言えないし。ＢＭを閉めた時点でアルフレッドの目的は果たされたも同然だから、いまさら小笠原に譲る必要もないだろうし」

「………」

ため息混じりの返答に、もやもやとした思いが生じる。アルフレッドはなぜそこまでＢＭを潰《つぶ》すことにこだわるのか。宮原はなぜそれを甘受しているのか。そうされてもしようがないと、宮原自身が思っているようだ。

「アルフレッド・スペンサー氏と話をして、なんとか折り合いをつけることはできなかったんですか？」

和孝の問いかけに宮原はかぶりを振り、重い口を開く。

「十年以上前になるんだけど」

和孝は固唾《かたず》を呑んで、宮原の話に耳を傾けた。

「僕は学生で、家族ぐるみでつき合いのあったジョージ・スペンサー氏の息子であるアルフレッドの教育係だった。家庭教師兼遊び相手みたいなものだ。アルフレッドは素直な子で僕を慕ってくれたし、僕も弟のように可愛がっていたんだ。でも、僕は彼の、アルフレッドの信頼を裏切った」

床の一点を見つめている宮原の表情に変化はない。話し方も淡々としている。それでも、宮原にとって十年以上前の出来事はけっして単なる思い出話ではないと伝わってくる。

「だからって言いな――」

言いなりになるのは宮原らしくない。たとえ裏切ったのが事実だとしても昔のことで、彼はすでに大人になっている。そう続けようとしたが、あきらめの滲んだ面差しを前にしてなにも言えず、唇を引き結んだ。

宮原を責めたいわけではなかった。それに、決断を下すのは宮原だ。

「裏切りって……なにがあったのか、聞いてもいいですか」

代わりにした質問には、苦笑が返った。

「なにを話しても言い訳になりそうだから、やめておく。まあ、これからひとつひとつクリアにしていくよ」

その一言で、宮原はパイプ椅子から腰を上げる。助けはいらないと拒絶されたような気がして寂しくなったものの、追及はしなかった。

「大事にしてね」

病室から出ていこうとした宮原が、扉を開ける手を止め、振り返った。

「ごめん、柚木くん」

唐突な謝罪に、和孝は宮原の顔を見つめる。

「どうして、謝るんですか？」

謝られるようなことはなにもないと言外に伝えると、細い肩がひょいと上がった。

「そうだね。僕の事情でＢＭを続けられなくなったし、怪我を負わせてしまったから」

「どっちも宮原さんのせいじゃないです」

「あと、手ぶらでお見舞いに来てしまったし」

いたずらっぽく両手を振ってみせる姿はいつもの宮原に戻っていて、少しほっとする。

アルフレッドのことにしても放火の件にしても片づいていないので、宮原がナーバスになるのは当然だった。

「あの……また、来てくれますよね」

どうして見舞いを請うたのか。和孝自身、わからない。

ほほ笑んだ宮原は、来るとも来ないとも言ってくれなかった。

扉が閉まり、また病室にひとりになった和孝は、やり場のない喪失感に駆られつつ窓の外へと目をやった。

夜空に浮かぶのは、朧月《おぼろづき》。

馴《な》れ親《した》しんだ光景だが、今日はどこかちがって見える。

もうＢＭがない。その事実が、目に映る景色も変えてしまう。

ＢＭを閉めると宮原から聞いたときは、どこか半信半疑だった。いつかはまた再開するのではないかと心の隅では思っていた。

でもいま、ＢＭそのものがなくなった。和孝の淡い期待を打ち砕くかのように、ほとんど燃えてしまった。昨日までそこにあったものが、一瞬にして消えてなくなった。

炎の熱ははっきりと憶えている半面、先刻の火事についてはまるで現実みがない。引き返せば、まだ同じ場所に変わらずＢＭがあるような気がしている。手のひらの包帯を目にしてなお、そう感じるのだ。

八年間の出来事が次から次に脳裏に浮かんでは消えていく。十七歳から今日まで必死で生きてきたはずだったのに、いまとなっては泡も同然の儚《はかな》いものに思えてくる。

これからどうすればいいのだろう。

真剣に考えなければとわかっていても、まだそういう気分になれない。いまは儚い夢の中に浸っていたかった。

「月って、こんな遠かったっけ」

夜空に浮かぶ月をぼんやりと眺めながら、和孝は過去の記憶を頭の中で再現して、長い時間を費やした。

四日ほどで退院となった和孝は、タクシーで久遠のマンションへ戻った。じつのところ冴島《さえじま》宅へ再度居候《いそうろう》を願い出ようかとも考えたのだが、せっかく冴島が久遠のところに行くよう背中を押してくれたのだからと直前で思い留まった。

日中は沢木の病室を訪ね、夕刻には帰るというサイクルを日々くり返す和孝が、自分でできることは限られている。

指先で携帯電話のボタンは押せても、シャツの釦《ボタン》は止められない。マグカップぐらいなら両手で挟んで持つことはできるが、箸《はし》やフォークを使って食事をするのは難しい。煙草に火もつけられない。そういう状況で、和孝が真っ先に捨てたのは恥だ。

羞恥心《しゅうちしん》を持っていてはまともに食事もできなくなるので、久遠がいるときは久遠に頼り、不在のときは津守の部屋に押しかけた。

職を失ったばかりだからちょうどいいという津守の申し出に甘えることにしたのだ。

「じゃあ、沢木くん。俺、そろそろ帰るな」

退屈そうにベッドに寝転がっている沢木に声をかけ、パイプ椅子から立ち上がる。

「ああ。もう来なくていいっすよ。あんたが来たって、暇潰しにすらなんねえし」

身も蓋《ふた》もない言葉だが、沢木の言うことには一理ある。ふたりとも話し下手なせいでまったく会話は弾まず、ほぼ無言で過ごしている。かといって、両手を怪我している和孝に甲斐甲斐《かいがい》しく世話ができるわけでもなく、結果、病室にいてもただパイプ椅子に座っているだけだった。

　自己満足と言えば、そのとおりだ。

「残念だけど、明日も来るから」

　和孝がそう返すと、沢木はため息をこぼした。

「どんだけ暇なんすか」

「実際、ものすごく暇だからね」

　少し前までは、こんな生活は想像もしていなかった。今後もずっと自分はＢＭの玄関ホールに立ち続けるのだと信じて疑わなかった。

　ふと胸を去来した寂しさに、唇を引き結ぶ。病室を出ようと扉を開けた和孝に、なにを思ってか沢木が声をかけてきた。

「あー……そういや、まだ礼を言ってなかったっすね」

「礼？」

　すぐにはぴんとこず、怪訝《けげん》に思って問い返す。

　苦虫でも噛《か》み潰《つぶ》したかのような表情になった沢木は、ばりばりと頭を掻いた。

「だから、あれっすよ。この前のとき。先に行けっつったのに、俺を無理やり連れてったでしょ。あんたのおかげで、俺は命拾いしたようなもんだ」

　なんの話をしているのかやっと理解したものの、内容については同意しかねる。そもそも沢木が怪我をしたのは、和孝を庇ったせいなので礼を言われる理由はなかった。

「いや。なに言ってるんだよ。命拾いは、完全に俺の台詞だろ。沢木くんがいなかったら、俺、いまここにいないんだから」

首を横に振った和孝に、沢木はいっそう渋面になる。舌打ちすると、うっせえなと毒づいた。

「ひとが感謝してんだから、黙って頷いとけよ」

その後、照れ隠しなのかそっぽを向いてしまい、和孝を見ようとはしない。沢木らしい言動に、和孝は知《し》らず識《し》らず頬を緩めていた。

「そうだな。沢木くんに感謝されることなんて、二度とないかもしれないもんな」

身体じゅうに心地よいぬくもりを感じながら、あえて冗談っぽく返す。いっこうに打ち解けてくれないので嫌われているのかと思っていたが、そうではなかったらしい。

わかったこともあった。やはりあのとき沢木は「俺も、すぐあとを追いかける」と言いつつ、その気はなかったようだ、と。和孝のために、「置いていけ」ではなく「あとを追いかける」という言葉を選択したのだ。

「本当、格好いいよ」

和孝は病室の扉を閉めてから、本人に告げたら確実に厭な顔をされるであろう一言で心からの賞賛を贈った。

病院を出て、夕闇の迫り始めた空を眺める傍らバス停へと向かう。無職の身でタクシーを使うのが憚《はばか》られたためで、ふと腕時計に目を落としたとき、和孝の傍に一台のセダンが寄ってきた。

運転席から降りてきたのは、津守だ。迎えは申し訳ないので断ったはずだったが。

「必要ないって言ったのに」

ごめんと謝った和孝に、

「どうせ暇だから」

と津守が笑う。

暇なのは和孝も同じだし、わざわざ車まで出してもらうのは気が引ける。いくら時間潰しになると津守本人が言ってくれても、心苦しさはなくならない。

「それに、買い物しに出るつもりだった」

津守は、ちらりと後部座席に視線を流す。そこにはスーパーの袋と、五個セットのボックスティッシュがあった。

もう一度謝り、津守が開けてくれたドアから助手席に乗り込む。まもなく発進した車の中で、ハンドルを握る津守の横顔に水を向けた。

「宮原さんから連絡はあった？」

もう何度同じ質問をし合ったかわからない。そのたびにお互い表情を曇らせ、ため息をついていた。

「まだないか。こっちも同じ。何度かけても留守電だ」

火災のあった夜、宮原は病室まで見舞いに来てくれた。以降、ぱたりと姿を見せなくなり、一週間以上たった現在も音信不通だ。

――ごめん、柚木くん。

帰り際にかけられた言葉と表情を幾度となく脳裏で反芻《はんすう》しては、心配になる。

宮原が自分ひとりで問題を処理しようとしているのはわかっているし、実際、そうできるだけの強さを持ったひとだ。しかし、どれほど強い人間であろうと和孝の案じる気持ちに変わりはない。大事なひととの平穏を望むのは、ごく自然な感情なのだから。

夜の気配が漂い始めた車中に、沈黙が流れる。

宮原のこと、これからのこと、いったん考え出すと切りがなくなる。

和孝にとってＢＭは、生活そのものだった。同時に、誇りでもあった。

「宮原さんは、もうＢＭを建て直す気はないんだろうな」

ぽつりとこぼした和孝に、津守が同意する。

「きっかけさえあれば、もっと早くにやめていたかもしれない」

津守の返答を聞いて、そうかもしれないと宮原の意味深長な態度の数々に合点がいく。

引っかかりを感じていたのは、なにも最近の話ばかりではなかった。

宮原は、自分が表に出ることを極力避けていた。隠居の身だからと、和孝に任せる場面が多く、時折、投げやりにも思える台詞を口にした。

常に会員を優先した宮原だが、一方で、やくざを始めトラブルのもとをあっさり受け入れる危なっかしいところもあった。

あれはもしかしたら、ＢＭから逃れたいがゆえの衝動だったのではないかと、いまになって思う。

「まだ放火の犯人の目星もついてないんだろう？　犯人が捕まらないとなると、動機もわからないし――後味の悪さばかりが残るな」

津守の言うとおりだ。後味が悪くて、気分が澱《よど》む。せめて誰がやったのか、犯人だけでも捕まればまだ少しは気が晴れるものを。

木島組も躍起になって捜しているが、思わしい結果を得ていないらしい。結局、うやむやになりそうで、それがまた和孝を鬱々《うつうつ》とさせた。

「小笠原さんを疑うわけじゃないけど、いっそ彼が犯人だったらすっきりするのに」

不謹慎と承知で愚痴をこぼす。小笠原への不快感からどうしても嫌みったらしくなってしまう。金で誰か雇ってやらせそうだと思うほど、あの男が嫌いだった。

小笠原は和孝の入院中に病室まで押しかけて、さんざん同情の言葉を吐いて帰っていった。彼への不快感は増す一方だが、どうやら放火事件のせいでＢＭの買収が暗礁に乗り上げ焦っているらしいと聞いて、いくらか溜飲《りゅういん》は下がった。

「まさか。彼にメリットはない」

津守に軽くあしらわれる。

自分でもわかっていたので、小笠原犯人説はすぐに引っ込めた。

「もしＢＭに対する怨恨《えんこん》なら、被疑者は何十人にもなるよな。これまで数えきれないほど会員希望者を拒否してきたし、会員登録の抹消もしたし」

なかには、ＢＭの会員でい続けようとして、悪質な消費者金融に手を出した者もいた。末路は悲惨なものだった。

そういう会員の家族まで含めると、大勢の恨みを買っていることになる。

ため息を押し殺した和孝は、以降口を噤《つぐ》んだ。

津守の部屋に着くと、玄関までカレーのいい匂《にお》いが漂っていた。ぐうと腹を鳴らしてしまった己の単純さに呆《あき》れる。

職を失い、火災で命を落としかけたというのに腹は減る。ひとは存外図太いものだと身をもって知った。

津守手製のシーフードカレーはことのほかうまく、ぺろりと平らげた。

「もし逆恨みで放火をしたんだとしたら、どのみちろくでもない奴だ」

津守がそう言い、和孝も同意する。そういう短絡的な人間なら、早晩尻尾《しっぽ》を出すに決まっている。

なにも解決していない苛立《いらだ》ちから、和孝は持参したバッグを津守に示した。

「津守さん、煙草吸わせてくれない？」

気が立っているのは、満足に煙草が吸えないせいもある。他人の手を借りての喫煙は、日に五本が精々《せいぜい》だ。一箱以上吸っていた以前と比べると格段の差で、和孝にとっては自力で風呂《ふろ》に入れないことよりもずっと重大だった。

「悪いけど、それはできない。久遠さんとの約束だから」

けれど、あっさり却下される。久遠はこれを機に和孝の煙草の本数を減らしてやろうと目論んでいるようだが、大きなお世話と言わざるを得ない。

子どもじゃあるまいし、煙草くらい好きに吸わせてくれ。先日久遠に文句を言った際には、冴島の名前を出されて、渋々退くしかなかった。怪我を早く治すためには規則正しい生活、バランスの取れた食事、適度な運動、そして禁煙だと、冴島には口を酸っぱくして忠告されていたのだ。

「……なんでそんな約束したんだよ」

がくりと項垂《うなだ》れた和孝に、津守が肩をすくめる。

「柚木さんのためだ」

屈託のない笑顔で断言されては、もう反論する気になれず、降参するしかなかった。

煙草をあきらめ、代わりに淹れてもらったコーヒーをご馳走《ちそう》になる。その間、ニュースを見ながら他愛のない話をした。

「スポーツ選手って、選手生命が短いから大変だよな」

テレビでは、野球選手が引退会見の真っ最中だ。

「コーチとか解説者とかになれる人間はいいけど、そういう選手は一部だろうから」

津守がそう言い、どこの世界も大変だと和孝は思う。すぐに第二の人生を踏み出せる人間は幸運だ。大半の者は大なり小なり悩み、迷うだろう。行き先が決まらず、不安で眠れない日もあるにちがいない。

「三十九で引退だって。会社員なら働き盛りだよな」

「まあでも、この頃は会社員も大変じゃないか。入社しても定年まで勤め上げられるかどうかわからないわけだし」

「ああ、終身雇用って聞かなくなったな。それを考えたら、公務員最強？」

こうなってみて、同じ仕事をやり続けることの難しさを実感する。BMのマネージャーという役目を与えてもらって、天職だと思ってきたが、それは早合点だったようだ。

「柚木さんは、今後どうするのか少しは考えた？」

津守の問いかけには、かぶりを振る。

「まだぜんぜん。津守さんは？」

津守も同様だった。

「俺もまだなにも考えてないな。俺の場合は、柚木さんの警護をするために声をかけられたから、ＢＭに対する思い入れは薄いんだけど——気が抜けたというか、まだ実感が湧かないというか」

ふとあらぬほうを見つめた津守のまなざしには、複雑な色が滲んでいる。本人が言ったとおり津守の場合は和孝の警護という本来の仕事をすでに果たしているので、そういう気持ちになるのだろう。

「……そうだね」

和孝の場合はちがう。まるで路頭に迷ってしまったかのような心もとなさを感じている。結局、まだあきらめきれていないのかもしれない。

——柚木くん、ただいま。またみんなでやろう。

ドアが開いて、人懐っこい笑顔で宮原が帰ってくる場面をもう何度想像したかわからない。無意味と承知で、当分はやめられそうになかった。

想像が現実になる日を望んでいる限りは。

ニュースは外交問題へと変わった。

それに倣って自分たちも話題を変え、一時間ほど過ごしたあと和孝は暇を告げた。

「送っていく」

車のキーを手にした津守の申し出を、慌てて辞退する。押し問答のすえ、駅まで送ってもらうことになった。

「徒歩で十分程度なのに」

いくらなんでも車に乗る距離ではない。車中でため息をこぼすと、がんとして譲らなかった津守が苦笑混じりに口を開いた。

「友人としてできる限りサポートしたいって気持ちは本当なんだ——けど、じつは他にも理由がある」

友人以外になにがあるというのだ。ハンドルを握る横顔を覗《のぞ》く。

「あのひとは、取り乱すことなんてないと思ってた。そういう人間だからこそ、特殊な世界で上にあがれるんだろうって、決めつけていた」

誰の話をしているのか、問うまでもない。あのひとというのは、久遠のことだ。黙ったまま、津守の話に耳を傾ける。

「でも、どれほど冷静な人間でも、本当に大事なものを失うかもしれないと思えば動揺するし、怖くなるんだな。こんなことを言うと不謹慎に聞こえそうだが、なんだか親近感が湧いたよ。内に秘められた情を見たような気がして」

どう答えればいいのかわからず、和孝は無言を貫く。脳裏に、駆け寄ってきた久遠をよみがえらせると胸の奥が疼《うず》いた。

慌てたところなんて見せたことのない久遠が、和孝と目が合った途端顔を歪め、心からの安堵を浮かべた。あのときの久遠の表情を、和孝は一生忘れないだろう。

これで自分も沢木も助かる。また久遠のもとに帰ってこられた。

まだ恐怖のさなかにいた和孝が、そう実感できた瞬間でもあったのだ。

「あー……っと、津守さん、駅過ぎてるけど」

気恥ずかしくなり、外を指差すと、津守は笑顔で頷いた。

「わかってる」

どうやら初めからそのつもりだったらしい。平然と車を走らせる。こういう部分は、最初の印象のままだ。

そういえば会ったばかりのとき、久遠と似ていると思ったこともあったが——自分自身のために言わないでおこうと決める。ああいう男と比べるなんて、と呆れられかねない。

「ありがとう」

素直に礼を告げた和孝に、涼やかな横顔が答える。

「どういたしまして」

トラブル続きでいいことなんてひとつもないと思っていたけれど、いまの津守の言葉を聞いて少なくともひとつはいいことがあったと忍び笑った。

# 4

驚異的な回復力を見せた沢木《さわき》が三週間の入院生活を終え、退院の日を迎えた。

三日に一度の通院、当分の間日光を浴びるのは厳禁など、注意事項の書かれたプリントを病院の外へ一歩出た途端にくしゃりと握って捨てようとしたので、慌てて奪い取った和《かず》孝《たか》は、薬と一緒に鞄《かばん》に入れた。

季節はすっかり春めいてきて、駐車場の隅に植えられている桜も満開だ。行き交う患者やスタッフたちはみな、足を止めて短い花の盛りを満喫している。

和孝も桜の前で立ち止まったが、前を歩いていた沢木が肩越しに急《せ》かしてきたのですぐに車へ駆け寄った。

鞄を後部座席に放り込み、助手席のドアを開ける。

和孝の両手の包帯は、二週間で取れた。火傷《やけど》の痕《あと》はまだ赤く残っているものの、そのうち消えると医師の太鼓判をもらっている。

両手が使えることがどれほどありがたいか。包帯の取れた和孝がまず最初にやったのは、自分でも驚いたのだが、買い物に行って夕食を作ることだった。

せっかく冴島《さえじま》に仕込んでもらったのに、二週間で腕が落ちていたらどうしようという心配は、とりあえず杞憂《きゆう》に終わりほっとした。その日は久遠が留守だったため、定番メニューの肉じゃがと煮魚、そして味噌汁《みそしる》でひとり祝いの晩酌をしたのだ。

「鞄持たせろっつったり、ドア開けたり、俺は女でも重病人でもねえんだから、やめてくれないっすかね」

「この前まで重病人だったじゃん」

沢木が厭《いや》そうに助手席に身を入れるのを確認してから、和孝は車を回り込んで運転席におさまる。向かう先は、木島《きじま》組の事務所だ。

「じゃあ、行くよ」

アクセルを踏むと、まっすぐ帰路につく。春の陽気の中、病院から組事務所まで三十分足らずのドライブ――とはいかなかった。

「つか、それ以前にあんたの運転が信用できないんっすけど」

退院の日に送ると言った際、自分で帰るからと即座に却下されたのは遠慮したからではなく、そのせいだったのか。けれど、沢木の言い分は納得しかねる。常に安全運転を心掛けているし、いまは普段以上に気を遣っているので、沢木が不安がる要素は万にひとつもなかった。

「くっ」

異論を唱える間もなく、沢木が身を硬くする。赤信号で停止しただけでアシストグリップを握り、喉《のど》まで鳴らすなど大袈裟《おおげさ》だ。

なんだよと睨《にら》むと、

「なんだよじゃねえし」

その一言を前置きに、だらだらと文句を並べ始めた。

「だいたい性格が大雑把《おおざっぱ》なんっすよ。見た目とのギャップありすぎ。他の人間ならなんとも思わねえけど、おまえのことだから前の車に突っ込むんじゃねえかって気が気じゃないし。もっと早くブレーキ踏んでくれませんかね」

「なに、それ？」

頑固だとか、頭が固いと言われるぶんには甘んじて受け止められるが、大雑把という指摘には納得しかねる。

「沢木くんこそ見た目とちがって細かすぎるんじゃないの？」

久遠の運転手という仕事柄、慎重になるのは理解できるとしても、過敏になりすぎだ。

「は？」

顔をしかめた沢木が、呆《あき》れたとでも言わんばかりの横目を投げかけてきた。

「俺のどこが細かすぎるんだよ。だいたい、ドアを蹴破《けやぶ》ろうとしたり、いきなり飛びかかってくるような奴に言われたくねえ――です」

「……っ」

ぐうの音《ね》も出ないとはこのことだった。取ってつけたような敬語なんてどうでもいい。まさかここであのときのことを持ち出されるとは思いもしなかった。

沢木には数々な失態を見せてきたが、あれが最たるものだろう。久遠《くどう》に部屋に閉じ込められ、怒りに任せてドアを塞《ふさ》いでいた沢木に罵詈雑言《ばりぞうごん》を浴びせたあげく、飛びかかってしまったのは、和孝にとっても不測の事態だったからだ。

しかも下着姿でだ。

「しょうがないだろ。久遠さんが……」

全部久遠のせいだ。そう訴えようとしたが、やめた。久遠の悪口を言ったところで沢木が同意してくれるはずがなかった。

「わかった。早く踏めばいいんだろ」

渋々承知し、以降は神経を研ぎ澄まして運転した。事務所に到着したときには、へとへとになっていた。

「降りないんっすか?」

車から出た沢木が、運転席の和孝に怪訝《けげん》そうな目を向けてくる。

「降りないよ」

玄関を見ると、沢木を迎えるために若者が数人待っている。本来なら、車での迎えは彼らの役目だった。

「俺は一般人だから、よほどのことがない限り寄らないほうがいいだろ」

大事にして、と沢木に言い残してアクセルを踏む。事務所から離れたあとは、肩の力を抜いて久遠のマンションを目指した。

見慣れた風景だ。

再会してから今日まで、何度同じ道を走ったか知れない。『魔王』のメロディを聞き、仕事帰りに直接久遠のマンションへ向かうことは和孝にとってもはや生活の一部だった。それなのに、BM《ビーエム》がなくなってしまったいまはずいぶん昔のことのように感じている。

決着はついたのか、まだついていないのか。あれから三週間。放火犯は捕まったものの、BMとは無関係で、調度品狙《ねら》いのチンピラだったという話だ。警察から報告を受けたし、ニュースでも報じられたが、もとより和孝は信じていなかった。

なぜなら、久遠になにも言われていないからだ。もしそれが真実なら、一言くらいあってもいいはずだろう。

スタッフとは何度か連絡を取り合った。いまはみな落ち着き、新しい職についたり実家に帰ったりと、それぞれ新たな道を進み出したと聞く。

そして、宮原《みやはら》は――誰にもなにも告げずに渡英した。

結局、病室で顔を合わせたのが最後になってしまった。渡英の話も、本人からではなく久遠から聞かされた。

もっとも久遠にしても宮原と直接話したわけではないというので、本当に誰にも一言も残さないまま いなくなったようだ。

きっと宮原は、なんらかの決着をつけるために渡英したのだろう。解決できたら、そのうちひょっこり帰ってくるかもしれない。そう思いながらも、あまりに呆気《あっけ》なくて寂しさばかりが残った。

前方に交差点が見え、ブレーキを踏んで速度を落とす。直進するつもりだった和孝は、思い立ってウィンカーを右に出した。そのまま車線を変えると、久遠のマンションではなくBMを目指してハンドルを切る。

まだ複雑な心境だが、火事のあった当初よりは気持ちが落ち着いた。自分の中で、BMはもうなくなってしまったのだとやっと認められたのだ。

数十分かけて懐《なつ》かしい職場に辿《たど》り着《つ》いた和孝は、いつも停めていた駐車場ではなく正門から乗り入れると、会員が通っていた道を車で走った。

両脇《りょうわき》には瑞々《みずみず》しい木々が並んでいる。天気もよく、青空には雲ひとつない。新緑の中を進んでいくとまもなく、かつて洋館があった場所が見えてきた。

宮原が手配していったのか、すでに業者の手が入り、更地になっている。あの惨事が嘘《うそ》だったかのように、なにも残っていない。

いつも会員を迎えるために立っていた場所に停車すると、和孝は車を降りた。

そのとき、ざっと吹いた風にのって、微かに焦《こ》げた臭いが鼻をつく。たちまち脳裏にBMの外観が描き出された。

この場所にBMは存在した。目には見えなくても和孝の脳にはいろいろな出来事が刻まれている、それはまぎれもない事実だ。

ここには、八年間の記憶がすべて詰まっている。

玄関ホールのあった場所に立ち、風に揺れる髪に手をやった和孝は、数々の思い出をよみがえらせていく。

初めて宮原に連れてこられたのは、再会してから一ヵ月後のことだった。当時オーナーとマネージャーの仕事を兼務していた宮原は、いったいなにを気に入ってくれたのか、いとも簡単に和孝をサブマネージャーに迎え入れた。

自分に接客業ができるなんて思っていなかったが、あのときは半ば自棄《やけ》になっていた。たまたま出会った宮原のもとに身を寄せながら、日々、久遠への怒りを増長させていた頃だったのだ。

まだ十七歳で、世間知らずな子どもだった。家を出たことで自立した気になっていた、浅はかな子どもだ。過去を否定することで、和孝なりに必死で自分を守っていたのだろう。

久遠や父親に対して、見返してやりたいと思っていたふしもある。最初は宮原にすら、どうせ短いつき合いだと思っていたくらいだ。

しかし、宮原と接しているうちに徐々に気持ちが変化していった。

優しい笑顔とやわらかな物腰、仕事の際の凜《りん》とした雰囲気。なにより人柄に惹《ひ》かれ、和孝はひとを信じてみようという気になった。それと同時に仕事に対して興味が湧《わ》いてきて、いつか宮原のようになりたいと憧《あこが》れを抱くまでになった。

思っていたより早くその日はきた。

——柚木《ゆぎ》くん、ちょっといい？

仕事終わりにオフィスに呼ばれて、緊張しつつ中へ入った和孝に、宮原は笑顔でこう続けた。

——明日から、このオフィスを使って。

あのときの昂揚感《こうようかん》はよく憶えている。宮原に認めてもらったような気がして、心底嬉《うれ》しかった。

二十二歳のときだ。

次の日から和孝はマネージャーに昇格し、以後、玄関ホールに立ち続けてきた。

それでもまだひとりで生きていくつもりでいたのに、ある日、聡《さとし》と出会った。

聡は、和孝に家族をくれた。無条件に愛せる相手がいると、初めて教えてくれた。自分の中にもあたたかな情があるという事実は、和孝の支えになった。

そして、久遠。

BMで働き始めてから多くのひとに接してきたが、まさかまた久遠に会う日がくるなんて想像すらしていなかった。

「亡霊みたいなものだったもんな」

ぽつりとこぼし、おかしくなる。ようするに、ずっと過去に取りつかれていたのは和孝自身だったというわけだ。

一緒にいたのは十七歳の頃のたった半年だったのに、まぎれもなく自分は久遠に焦がれていたのだと、いまになってよくわかる。

どうやら久遠のほうは和孝の居場所を早くから知っていたというが、トラブルに直面しなければ顔を合わせるつもりはなかったらしい。それを思えば、トラブルでさえ必然だったのではないかと思えてくる。

あとは、怒濤《どとう》の日々だった。

久遠の傍にいると、普通は遭わない状況に直面する。

砂川《すなかわ》組の解散に始まって、不動清和会《ふどうせいわかい》三代目の嫡子である田丸《たまる》との確執。白朗《バイラン》と田丸はまるで消えてしまったかのように、足取りが摑《つか》めないと聞く。もしかしたら、ふたりでのんびり暮らしているのかもしれないと考えるときもある。

聡や自分に対する仕打ちは到底許せないが、田丸はやっと自由になれたのだろう、そう思えばあれでよかったような気もしていた。

普通とはちがう最たるものと言えば、不動清和会のお家騒動だ。四代目候補に名前が挙がったばかりに、久遠は銃弾に倒れた。

これまで二度、傷ついた久遠を目の当《ま》たりにした。二度ともショックで息が止まりそうになった。だからこそ、いまの平穏が一日でも長く続いてほしいと、誰より強く願っているのは和孝自身だ。

普通の生活を送っていたら一生遭わずにすむであろう災難に見舞われても離れず、傍《そば》にい続けるなど、自分はよほどの物好きかマゾにちがいない。

もっともそれを言うなら久遠も同じだ。

自他ともに認める面倒な男なんて、もし和孝ならとっくに放り出している。

感傷に浸る趣味はないが、いまはどっぷりと身を任せる。この場所に来るのは最後と決め、誰もいなくなった更地を瞼《まぶた》の裏に焼きつけた。管理者を失った土地は、いずれ忘れ去られていくだけだろう。

そのとき、鳥の声を聞いた気がして頭上に意識を向けた。視線の先にあるのは目に眩《まぶ》しいほどの新緑、青空。

耳に届くのは、風に揺られる葉音。

心地よい春風に吹かれ、穏やかな気持ちになる。

客観的に見れば暢気《のんき》に構えていられる状況ではなかった。人生設計が根底から覆《くつがえ》され、一から考え直す必要がある。

以前の自分なら、もっと深刻に受け止めていたにちがいない。だが、いまは不思議なくらい焦りも緊張感も薄かった。

「——俺は、これからどうしよう」

そんな台詞《せりふ》を口にしてみても、深刻にはほど遠い。なるようになる、なんて柄にもなく楽観的に考えている。

目を閉じた和孝は、大きく深呼吸をした。それから目を開けると身を翻《ひるがえ》し、振り返ることなく車に戻った。

来た道を戻り、今度こそ久遠のマンションを目指す。

玄関のドアを開けた和孝を迎えたのは、帰宅して間もない久遠だった。

「帰ってたんだ?」

昨夜は帰ってこなかった。夜中の二時までベッドで雑誌を読みながら待っていたが、その後は眠ってしまったため、和孝が久遠の不在を知ったのは今朝のことだ。

以前にも増して久遠は忙しい。通常業務に加えて、三島《みしま》の誘いでクラブ遊びやゴルフにつき合うことも仕事のうちだというから、多忙になるのは当然だった。

「五分ほど前に」

だと判断する。

久遠がネクタイに指を引っかけ、緩める。その行為で、ゆっくりできる時間があるよう
「で？　おまえはやけに遅かったじゃないか」

久遠が手を和孝の髪へ伸ばしてきた。かと思うと、指先で葉を摘《つ》まみ、和孝の前で揺らしてみせた。

「あ——風が強かったから」

首を左右に振ってみたが、絡まっていたのはその葉だけだった。どこへ行っていたのか聞いてこないところをみると、予測がついているようだ。

「更地になってた」

これには、「ああ」と一言返る。

「洋館が建っていて、自分がそこで働いていたのが、もうずいぶんと前のような気がしたんだ」

久遠の返答は、今度も短かった。

「そういうものかもな」

上着を脱ぎ、ネクタイと一緒にソファに放った久遠の背中に向かって和孝は言葉を重ねていく。

「結局、ＢＭに放火した犯人って誰？」

——本当にただの調度品狙いのチンピラ？

テレビでそう報じられた際、鵜呑《うの》みにできずに久遠に聞いた。そのとき久遠はちらりと和孝を見ただけで、否定も肯定もしなかった。

おそらく別に犯人がいるはずだが、久遠が口を閉ざしているからには、現段階で和孝に話せることはなにもないのだろう。そう思って問い詰めなかった。

「アルフレッド・スペンサーとの関係を案じているのなら、その必要はない。ついでに言えば、小笠原《おがさわら》もだ」

断言する以上、久遠は放火犯を知っているのだ。

「ということは？」

まさか本当に単なる物取りとでも言うつもりか。身を乗り出して問うと、易々《やすやす》と答えが返ってきた。

「小笠原に会社を乗っ取られた男の逆恨みだ。奴をつけ回して、ＢＭの買収話を知って放火したらしい。ＢＭが小笠原のものになったと勘違いしたようだ」

「……嘘《うそ》だろ」

調度品狙いのチンピラのほうがまだマシだった。他人への恨みのせいで放火されたなんて、到底受《う》け入《い》れ難《がた》い。

「じゃあ、なんで調度品狙いってことになってるんだよ」

これも単純明快だった。

「小笠原がそう望んだからだ。自分に責任があるとなると、当事者になるだろう？　休業中とはいえ、俺がＢＭに出資している事実は変わらない」

「あー……なるほど」

自分を恨んでいる人間がＢＭに火をつけたうえ、木島の組員に重傷を負わせたとなると小笠原も知らん顔はできない。自身の安全のため、木島組を納得させるだけの大金と労力を使ったであろうことは容易に想像できる。ＢＭの買収の件からも手を退《ひ》かざるを得なかったのだ。

久遠ははっきり口にしないが、逮捕された人間は真犯人ではないのだろう。真犯人がどうなったのか、久遠の返答は想像がつくのであえて問わなかった。

「でも……今回はなんでいろいろ話してくれたわけ？　かえって不安になる」

いつもなら、適当にはぐらかされて終わりだ。現にニュースで報じられたときは、無言で受け流された。

「あっちもこっちもはっきりしないままだと、悶々《もんもん》とするんじゃないか？」

つまり、話してくれたのは和孝のためというわけか。宮原の件があるから、せめて放火犯に関してはすっきりさせてやろうという久遠の親切心だと。

「それはそれで気持ち悪いんだけど」

柄でもないと、眉《まゆ》をひそめる。半分は本気で、残りの半分は照れ隠しだった。

優しい言葉をかけてくれることなどめったにない久遠だが、和孝が思うよりずっと自分をよく見てくれていると最近になって知った。それだけ自分たちは互いを理解し、歩み寄れるようになったのだと思うと、まるで手探りで恋愛をしているみたいでなんだかおかしかった。

こほんと咳払《せきばら》いをして、ソファの上に放り出された上着とネクタイを手に取る。クリーニングボックスに入れてから、キッチンに立った。

「宮原さんは、大丈夫かな」

コーヒーを淹《い》れながら、水を向ける。宮原の渡英に、アルフレッドが関係しているのは間違いない。自分が彼を裏切ったと話してくれたとき、宮原はどこか達観しているようだった。

「彼自身の問題だ」

素っ気ない一言が返る。それだけ宮原を信用している証拠とも言える。

「まあ……そうかもね」

ソファに腰かけた久遠に、和孝はちらりと視線を流した。

「他にもなにか言いたいことがありそうだな」

口数は少なくても、察しはいい男だ。久遠に水を向けられ、コーヒーを淹れる手を止めた和孝は意を決して久遠の隣に腰を下ろした。

「帰る道すがら考えたんだけど、俺、調理師免許を取ろうかなって」

今日まで、先のことがまったく思い描けなかった。だから、仕事についても真剣に悩んだわけではなく、単なる思いつきだった。

帰りの車中で、唐突に「調理師免許でも取るか」と、そんな気分になったのだが、自分でも安直な考えだとは自覚している。

「いいんじゃないか」

多少は驚いてくれるかと思ったのに、久遠の反応は物足りないほどあっさりしたものだった。適当に流したのではないかと胡乱《うろん》な目つきで睨《にら》むと、くしゃくしゃと髪を掻《か》き混《ま》ぜられた。

「いいと思ったから、いいと言ったんだ」

「でも俺、つい最近まで味噌汁《みそしる》ひとつ満足に作れなかった奴だよ」

肯定的な意見を言われると、ちょっと逆らいたくなるのは性分だろう。あえて否定してみせた和孝に、久遠の返事は変わらなかった。

「いまできるなら、問題ない」

「簡単に言ってくれる。そんな容易《たやす》いもんじゃないっしょ。にわか仕込みの俺がどうにかなると本気で思ってる？」

「ああ、思ってるな」

和孝の髪にあった手を頬《ほお》へと滑らせた久遠が、片笑んだ。

「そういう血筋だ」

「――――」

どきりとして、唇を引き結ぶ。

久遠に指摘されるまで、その可能性を少しも考えなかった。和孝の父親は料理人で、現在もレストランを数店舗経営している。

だが、父親が嫌いで家を飛び出した和孝にしてみれば、血筋と言われても素直に受け止められない。

「なんだよ。血筋って」

顔をしかめると、うなじに手を添わせてきた久遠に引き寄せられた。ワイシャツの肩口に額をくっつけ、微かに香るマルボロの匂《にお》いをくんと嗅《か》ぐ。

厭《いや》なことを指摘されててっきり腹が立つと思っていたのに、整髪料とマルボロの混じった久遠の匂いを嗅ぐうちに、不思議なくらい気持ちは凪《な》いでいた。

「結局、そんなオチ？」

目線を上げて久遠を窺《うかが》う。久遠は、どこか愉《たの》しげに見えた。まるでこうなることが端《はな》からわかっていたのではと思わせる表情に、和孝はちぇっと舌打ちをする。

「まあ、いいけど。ああ、俺、そろそろ自宅に戻――」

ソファから腰を浮かせたが、久遠の指が顎《あご》に触れてきたので最後まで言えなかった。間近で見つめ合い、端整な顔が近づいてくるのを待つ。

この瞬間はいつも胸がときめく。自分でもばかみたいだと思うが、日に日に鼓動の速さを実感するのだ。

まさかこれほど一途だったなんて、和孝自身が誰より驚いていた。十七歳のときの恋を引《ひ》き摺《ず》ったあげく、同じ男に二度目の恋をするなんて純愛以外のなにものでもない。

普段より少し熱のこもった吐息が唇に触れてくると、和孝は我慢できずに両腕を久遠の首に回して自分から舌先を伸ばした。

「……ん」

きつく抱き合い、吐息を移し合うようなキスを交わす。何度か角度を変える間に口づけを深くしていきながら、同時に、意図をもって身体を擦りつけた。

普段は感情を外に出さない久遠の息が上がるとき、言いようのない昂揚感を覚える。腹に当たる久遠のものが硬くなっていく様をじっくり感じたかったのに、すぐに和孝も余裕がなくなった。

「寝室に……行きたい」

口づけの合間に訴える。すでに膝が震え、いまにも頽《くずお》れそうだった。久遠の両腕が背中に回っているから、かろうじて立っていられるのだ。

「あとでな」

上唇を舌ですくってきた久遠が、熱い吐息とともにそう言った。

「でも……」

落ち着かないと答えるつもりだったけれど、うなじに軽く歯を立てられると、場所はどうでもよくなった。

寝室に向かうより、いまはキスを続けていたい。離れたくなかった。

いつの間にパンツの前を開かれたのか、知らないうちに大腿《ふともも》までずり落ちている。下着の上から尻《しり》をまさぐられて、思わず息を詰めた。

「ん……うあ」

指が狭間《はざま》を這《は》っていった。下着越しであっても敏感に反応した和孝に気をよくしたのか、久遠は大腿に引っかかっていた和孝のパンツを膝まで下ろすと、体重をかけてきた。ふらりと傾《かし》いだ和孝は、反射的に体勢を戻そうとしたがパンツのせいで後ろに倒れてしまう。

「危な――」

衝撃を覚悟して身構える。その必要はなかった。両脚が床から浮いたと思ったときには、ぽすっとやわらかな音とともにソファに座っていたのだ。

「転ぶかと思った」

和孝を囲うように両手をソファの背凭《せもた》れにのせた久遠が、片方の眉を上げる。

「信用ないな」

「そりゃあ、過去には無体なこともされましたから」

無体と言ったのは、満更冗談ではなかった。大概は和孝自身が原因で強引な行為に及ぶはめになり、事後、しばらく動けなくなったことが何度かあった。もっとも、傷つけられたことは一度もないので久遠にすれば計算ずくだったのだろう。

当時はいちいち腹が立ったが、いまとなってはそれなりにいい思い出だ。

「俺が？」

とはいえ、しれっと惚《とぼ》けられると面白くない。

「他に誰がいるんだよ」

当然だと文句を言い、久遠の髪を両手で乱してやる。前髪が額に下りると、いつもは隙《すき》のない久遠の印象が少しだけ変わる。普段とちがって、歳相応に見えるのだ。

「まあ、いまさらだけどね」

くすりと笑って、久遠の頭を引き寄せる。口づけを再開すると、いったん和《なご》んだ空気の密度がすぐに濃いものに戻る。毛を逆立てた猫みたいだった頃は翻弄《ほんろう》されるばかりだったが、いまでは和孝も久遠との行為を愉しめるようになっていた。

「あ……」

キスをする傍《かたわ》ら内腿に手を這わされ、ぞくりと背筋が痺《しび》れる。肌を辿《たど》っていく指の感触に昂揚し、期待で吐息がこぼれた。

下着の上から和孝自身を撫《な》でた久遠は、焦《じ》らすことなく中へ手を入れてくる。大きな手のひらで包まれ、揉まれて、脳天が痺れる。

直接的な刺激というより、久遠のキスに弱い。微かにマルボロの香りが残った舌で舐《な》められ、宥《なだ》められると身体じゅうがざわめきだし、まるでパブロフの犬のごとく尻尾《しっぽ》を振ってしまう。

「うんっ」

自分から舌を絡めながら、息を乱した。ここまでくると、もう性器への愛撫《あいぶ》だけでは物足りなくなる。後ろが疼《うず》いて、身体の奥が久遠を求めているのをはっきり感じていた。

室内に響く荒い呼吸と唾液《だえき》の音が、いっそうの性感を煽《あお》る。

衣服が邪魔で、キスを続ける一方で自身のシャツの釦《ボタン》を外していく。前をはだけたときには下着の中で濡《ぬ》れた音がしていて、羞恥心をごまかしたくて久遠のスラックスに手を伸ばした。

「……すご、硬い」

スラックスの上から撫で、感触を確かめる。和孝の手に反応して、久遠自身がさらに質量を増した。

自分と同じ男のものにときめくなんてと思うが、久遠は特別だ。触れただけで鼓動が速くなり、より強い欲望に直結する。

「じかに確かめてみるか？」

久遠が唇の端をくいと上げた。

返事は決まっているので、質問ではない。

「そうだね」

正直に答え、ベルトを外していく。和孝の好きにさせながら、身を屈《かが》めた久遠は耳朶《じだ》や首筋に口づけてくる。そのたびにびくっとしてしまうせいで、なかなか先へ進むことができない。

「邪魔だって」

首を振って避けてもやめてもらえず、やっとジッパーを下ろせたときには和孝はソファからずり落ち、床に座っていた。

「もう、なんだよ」

本気で文句を言ったわけではない。久遠自身に触れると他のことは意識から飛び、床の硬さも気にならなくなる。行為に集中できるベッドとは勝手がちがうが、これはこれで愉しかった。

「で？　確かめてみた感想は？」

耳元で揶揄《やゆ》され、和孝は笑う。

「どうだろ。手で触っただけじゃ、なんとも言えないかも」

「それは、俺が選んでいいのか？」

すぐに返ってきた問いには、かぶりを振った。

「駄目。俺が決める」

言葉どおり実行に移す。和孝は下着をずらして久遠のものをあらわにすると、そこに顔を埋《うず》めた。

先端に口づけ、そのまま砲身にも唇を這わせていく。唾液で濡らしてから、ゆっくりと口中に迎え入れていった。

「ん……ぅ、ん」

喉の奥まで開いて深く咥《くわ》え、唇と舌を使って愛撫する。頭を上下させながら、含みきれない根元は指で刺激した。

「ふ……」

久遠が、快感の吐息を漏らす。

もっと気持ちよくなってほしい。その思いから口淫《こういん》に熱を込めた。

久遠を味わいつつ和孝自身も口中を刺激され、身体に火がつく。性器に触れられたときは後ろが疼いたが、どこにも触れられていないときは、全身くまなく疼き出す。

触ってほしい。そう思ったとき、久遠の手が髪に差し入れられた。

「うぅ、んっ」

頭皮ですら感じて、和孝は胸を喘《あえ》がせた。

何度か髪を梳《す》かれて、うなじが熱を持つ。頭の中がぼんやりしてきて、先に進むことしか考えられなくなった。

髪を梳いていた久遠の手が、するりと下へ滑っていった。胸を撫で回されて、勝手にびくりと身体が反応する。触り心地はよくないだろうに、いつも久遠は和孝の平らな胸を撫で回す。おかげで飾りでしかなかった小さな乳首が、すっかり敏感になってしまった。

「うあ」

指で弾かれ、身体が跳ねた。その拍子に口から久遠のものがこぼれ出て、咄嗟に上を向く。が、そうしたのは失敗だった。欲望を映した双眸《そうぼう》とぶつかり、きゅうっと心臓が締めつけられる。

昂揚を隠さない久遠を前にしてこれ以上我慢するのは難しかった。

「触——って」

胸に置かれていた手を下へと導く。すぐに快感を得るためだったが、久遠は性器をするりと躱《かわ》し、その奥へと手を滑らせた。

「あ」

乾いた指先で入り口を撫でられ、胸が喘ぐ。はあはあと息をつく和孝のこめかみに、唇が押し当てられた。

「どうする？」

寝室に行くかどうか聞いているのだとすれば、すでに手遅れだ。場所を移動する余裕はすでになくなっていた。

かぶりを振ると、和孝の意思は正確に伝わったようだ。

「なら、どうしたい？」

蜜《みつ》が滴《したた》るような甘い声でそそのかされ、欲望のまま口にした。

「身体じゅう……舐めて」

答えは、直接耳に流し込まれた。

淫猥《いんわい》な言葉を耳語《じご》され、和孝はぶるりと震える。その後は、声が嗄《か》れるまで喘がされることになった。

床に座ってソファに背中を預けた体勢で、身体じゅう好きにされる。舐められ、吸われ、甘噛みされた胸は痛いほどに尖《とが》り、全身の神経が剝きだしになったかのような錯覚に囚《とら》われる。

「あ……や……うぁっ」

唾液で濡れた乳首を弄《いじ》られながら性器の先端を舌先ですくわれた途端、射精をした。

待ってほしいと伝えたくて首を左右に動かしたが、手首を捕らえられ、いとも簡単に身体を返された。

「ぁ……や」

背骨を辿るように唇を這わされて、びくびくと腰が跳ねる。久遠の意図を察して、和孝は仰《の》け反《ぞ》った。

抗《あらが》う間もない。ソファに半身ごと片脚を上げる姿勢を強いられたかと思うと、下半身をあらわにされる。

「あ、あ……久、ど……さんっ」

舌と指を使って入り口を開かされた瞬間、たまらずソファを引っ掻いた。

「待っ……や……」

身体じゅうが熱くて、頭の中に霞《かすみ》がかかる。息をつこうと口を開くと、喘ぎ声を漏らしてしまう。室内に響く自分の声がいやらしくて、懸命に堪えようとするがどうしてもできない。

「うぅ、んっ、あぁ」

長い指で中を探られ、勝手に腰が揺れた。たったいま達したばかりだというのに和孝のものはまた硬く勃《た》ち上《あ》がっていて、とろりと糸を引いてソファを汚していた。

そこから聞こえる濡れた音を聞きたくないのに、聞くと昂奮材料になるのも事実だ。内壁を指で何度も擦られると、奥深く、指の届かない場所が切なく疼きだす。

次第に、そこをどうにかしてほしいと、そのことばかりを願うようになった。

「も、い……から」

じわりと滲んだ涙で濡れた目を瞬かせた和孝は、背後の久遠に訴える。久遠はわかっているはずだし、和孝を見てくる双眸にも強い欲望が浮かんでいるのに、なおもこの甘い仕打ちを続けるつもりのようだった。

先に音を上げたのは和孝だ。

「もう、挿《い》れ……ていい、って言ってるんだよ」

言葉を濁すと引き延ばされそうで、直截《ちょくせつ》な言葉で誘う。

「まだ身体じゅう舐めていないのに？」

舌を覗かせたところをみると、やはりわざとなのだ。これ以上焦らされたら気がおかしくなりそうで、わずかに残っていた羞恥心をかなぐり捨てて自分から脚を大きく開いた。

「……これ以上焦らされたく、ないっ」

久遠に言うが早いか、手を自身へもっていく。こうなったら見せつけてやるしかないと、自慰をし始めた。

「は……ぁう」

体内の飢えはひどくなる一方だ。早く埋めてほしい。その一心から肩越しに視線を投げかけたとき、背後から腕が回ってきた。

「焦らされるのが、好きだろう?」

「なに言——」

否定しようとしたのに、ぐいと後ろに引っ張られたせいでできなかった。

「あ——」

さんざん緩まされた和孝のそこは、押し当てられた熱を少しも拒めなかった。入り口を割り、抉《えぐ》ってくる久遠を和孝の中は歓喜して迎え入れる。

たぶん痛みや苦しさはあるはずなのに、それを上回る快感のせいで少しも感じない。いや、苦痛すらいまは快感なのかもしれない。

いったいいつの間にこんなふうになってしまったのか、自分が怖いくらいだった。

ゆっくりと内壁を引き摺って奥へと挿《はい》ってきた久遠自身に深い場所を突かれた瞬間、和孝は自分の手の中に勢いよく吐き出してしまった。

「や……あ、ぅんっ」

ぎゅっと根元を握っても、止めようがない。射精しながら、体内の久遠をきつく締めつける。自分の中が久遠を舐めるみたいに痙攣《けいれん》するのがはっきりとわかり、和孝は極みの声を上げ続けた。

「も……こんなの……」

久遠に満たされている体内が蕩《とろ》けているのをまざまざと感じる。「焦らされるのが好き」と揶揄された理由を痛感させられる。達したばかりで過敏になっている身体を揺すられたら、みっともないほど乱れてしまうにちがいない。

焦らされた身体は、いっそうの刺激を求めて疼いていた。

「すごくいい」

熱に掠れた声で囁《ささや》かれ、和孝は震えた。

激しい快感を覚えているし、久遠が感じているだろうことも伝わってくる。繋がっているところが溶け合っているかのような感覚だ。

「あ……気持、ちい……」

揺すられ、突かれるたびに性器からとめどなく蜜があふれる。久遠の動きに合わせて、和孝も夢中で腰をくねらせた。

「う、う……っく」

「そんなに動くと、俺がもたない」

それが事実であっても、どうしてじっとしていられるだろう。本能に任せ、自分の一番いい場所に久遠を導いて揺らす。

「また……またいく」

嬌声《きょうせい》を上げ、自分の身体に回っている久遠の腕にしがみついた。実際はどのタイミングで達しているのか、もう自分でもはっきりしなかった。絶頂を味わったあと、少しは落ち着くかと思うと前触れなくまた押し上げられているのだ。

深い快楽に溺《おぼ》れ、どうにかなってしまいそうだった。

「ん……あぁ」

久遠も終わりが近いのか、耳に触れる呼吸が荒々しさを増す。和孝の腰を摑んで自身に引き寄せ、抉ったあと、身を退こうとした。

押し留めたのは和孝だ。

「いい、から」

つらいほどだというのに、まだ離れたくない。久遠を全部受け止めたかった。

「——和孝」

「あぅ」

きつく搔き抱かれ、肩口に歯を立てられた。これまで以上に奥まで挿ってきた久遠が、微かな呻《うめ》き声《ごえ》を漏らした。

直後、熱い飛沫《ひまつ》に体内の性感帯を焼かれる。凄《すさ》まじいほどの快感を和孝も味わい、ひときわあえかな声を上げた。

「あ、あ……うぅ、ん」

久遠の力強い脈動を感じながら、和孝は激しい行為の余韻に浸る。背中を久遠に預けると、もう動く気にはなれなかった。

全体重ですがった和孝の髪にキスしてから、久遠は身体を離す。ずるりと抜けていく感触に息を詰めて耐えた和孝は、ふと、さっきの話を思い出した。

「『焦らすのが好き』って話、俺じゃなくて、久遠さんが好きなんだろ」

そうに決まっている。焦らして和孝が音を上げるのを愉しんでいるのだ。

久遠は肩をすくめただけでなにも答えなかったので、あながち間違いではないのだろう。ようは、相性の問題なのかもしれない。

「寝室に行くか」

バスルームに、ではないなら、まだ続きがあるということだ。もう十分、と言いたいところだが、このまま終えてしまうのも惜しい。

「そうだね」

たいして迷わずに承知した。ソファで二回戦は避けたかった和孝は、よろけながらも立ち上がった。

「あ……でも、その前にソファの汚れだけでも拭《ふ》いておきたい」

ウェットティッシュを求めて周囲を見回す。

「あった」

覚束《おぼつか》ない足取りでカウンターまで取りに行き、自分でこぼした汚れを拭き取っていると、煙草に火をつけた久遠が微かに笑うのが見えた。

「なんだよ」

いまにも吹き出しそうな様子を怪訝に思った和孝に、

「そういうところは、案外まめだ」

聞き捨てならない一言が投げかけられる。

いまのは、明らかに「大雑把なくせに」と前置きがつく言い方だ。沢木にも指摘されていたので、反論のひとつもしておきたくなった。

「これでも一応、接客業だから」

大雑把じゃ務まらないと暗に正す。

リビングダイニングから寝室に移動し、肩に引っかかっていたシャツを落としてからベッドに身体をのせた和孝は、なんとはなしに考える。どうして接客業が好きなのか。天職だと思っていたのか。

「社交的じゃないくせに、なんで自分は接客業を選ぶのかってずっと不思議だったんだけど」

父親がどうなのかは知らない。だが、和孝は和孝でちゃんと理由があった。

「月並みだけど、ようはお客さんの喜ぶ顔を見るのが好きなんだと思う。満足そうな表情を見ると、こっちも嬉しくなる」

単純な話だった。人づき合いは下手だし、社交的なんてお世辞にも言えない性格だが、ひとを見るのが好きだ。誰かが瞳を輝かせたり、ほほ笑んだりする様を目にすると多少厭なことがあっても穏やかな心地になる。素直によかったと思えるのだ。

そういう意味では、父親との関係が拗《こじ》れた原因は自分にもあったのかもしれない。和孝は父親の前では常に無表情を装っていたし、出された料理に一度も「おいしい」と言ったことがなかった。

「なんて、つまんない答えだな」

銜《くわ》え煙草で衣服を脱ぐ久遠を窺いつつ、ベッドに転がった和孝は素っ気ない一言で締めくくる。普段は相槌《あいづち》すら打たないときもあるというのに、久遠はこれに限って聞き流してくれなかった。

「そんなものだろう」

「……まあ、そうかもしれないけど」

照れくさくて、ううと喉で唸る。自分の心情を久遠に打ち明けるとき、どうしても恥ずかしさが付《つ》き纏《まと》う。年齢の差ではなく、おそらく久遠自身がほとんど感情を口にしないせいだ。自分ばかりが感情的になっているような気がする。

「あの質問だが」

煙草の煙を吐き出した久遠が、吸いさしをサイドボードの上に置いた灰皿に押しつけた。

「答え、いま聞くか？」

俺のどこが好きか、という質問のことだ。

咄嗟に上半身を起こした和孝の前で、久遠はやわらかな表情で目を細めた。

「おまえのよく変わる表情を見るのが好きだ」

喉がおかしな音を立てた。

動揺して、気の利《き》いた返答をする余裕もない。

「あ……え、っと」

久遠を見たまま、心臓は大きく脈打ち、顔どころか首まで熱くなってくる。きっと真っ赤になっているはずだ。

「……どうも」

狼狽《うろた》えるあまり汗が出てきて、ぼそりと一言だけ返した。変な受け答えだとわかっていたが、なにも言葉が浮かばなかったのだからしようがない。

火照《ほて》る頬を見られたくなくて反射的に顔を背けると、久遠に抱き寄せられる。和孝の髪に指を絡めたあと、久遠にしては穏やかな声でこう続けた。

「おまえのいない人生は考えられない」

「──────」

その瞬間の気持ちをどう表現すればいいか。

思考が止まり、いろいろな感情が去来して胸が熱く震えた。

きっといま自分は変な顔をしているだろう。嬉しいのに、いまにも泣きだしそうだったからだ。

大きく息をついた和孝は、どんなときであっても頼もしい肩に額をくっつけた。

「……うん」

やっとそれだけ口にしたが、久遠には和孝の気持ちは伝わっているはずだ。触れ合うぬくもりが、それを証明していた。

俺もだよ。だから、ずっと傍にいる。なにがあっても離れてやらない。

胸の中でそっと呟いた和孝は、この世の誰より愛しい男の名前を唇にのせ、背中に両腕を回した。

# 5

「ありがとうございました！」

厨房《ちゅうぼう》から出た和孝《かずたか》は、帰っていく客を笑顔で見送る。

オープンしてから半年。幸いなことに当初期待していた以上の客足で、先月から新たにひとりスタッフを増やしたところだ。

面積十坪、テーブル席とカウンター席を合わせて十五席という小さなレストランだが、美しい木目と淡い色合いに惚《ほ》れて床やテーブル、棚、ドアに至るまでウォールナットにこだわった。

白い壁にウォールナットはよく映え、清潔感のある落ち着く空間になったと自負している。

オーナー兼シェフでもある自分を含めてスタッフは二人。創作イタリアンレストラン『Paper Moon《ペーパームーン》』は、和孝にとって初めての城だった。

店名は、BM《ビーエム》を意識しなかったと言えば嘘《うそ》になる。BMの正式名称がBLUE MOONだとしたら、この店は紙の月くらいがちょうどいいと考えたのだ。

開店資金については、半分は貯蓄を使い、残りの半分は久遠《くどう》に用立ててもらった。和孝の希望で出資ではなく、ローンという形にしてもらい毎月返済している。 無利子無担保という破格の条件だ。

久遠は自分の立場上気を遣っているようだ。その証拠に、招待状を送ったにもかかわらず開店時のパーティに顔を出さなかったし、以降も店には一度も来ていなかった。

ラストオーダーの午後九時を一時間ほど過ぎ、最後の客であるテーブル席の女性ふたりが帰り仕度を始める。

「ごちそうさまでした。手長海老《てながえび》のパスタがすごくおいしかったです」

会計の際、なにより嬉《うれ》しい一言をかけてもらえ、和孝は厨房から顔を出した。

「ありがとうございます。またいらしてください」

笑顔で頭を下げると、ふたりははにかみながら頷《うなず》き合《あ》う。

「イケメンばっかりのレストランって友だちの間で評判なんですよ。半信半疑で来てみたら、本当にみんな格好いいからびっくりしちゃった」

「ねー」

ストレートな誉め言葉は素直に受け取る。どこの店よりうまい、とはまだ言えないものの、客対応に関してなら三人ともBM仕込みだ。

「イケメンばっかりって言ってもらったよ」

和孝の軽口に、津守《つもり》が肩をすくめた。

「そこは謙遜《けんそん》するところだから。なあ、村方《むらかた》くん」

厨房で皿を洗っていた村方も、津守に水を向けられて姿を見せる。

「オーナーと津守さんは格好いいと、以前から僕も思ってましたけど」

村方が賛同したことで、女性客がいっそう黄色い声を上げる。これくらいで喜んでもらえるならいくらでもつき合う。津守も心得ているのだろう、帰っていく彼女たちのためにドアを開け、さらなる歓声を浴びていた。

「さて」

今夜最後の客を見送った和孝は、カウンター席の隅に座ってビールを飲んでいる男に目をやる。

「営業時間はとっくに過ぎているんですけどね。そろそろ帰ってくれませんか。というか、国会議員ってそんなに暇なんですか？」

週に一度はいくらなんでも来すぎだ、と言外に込める。

「いや～、居心地がいいから、ついね。ＢＭの会員にはとうとうなれずじまいだったが、ここなら客を選ばないし」

言葉どおりリラックスした様子の谷崎《たにざき》に、相変わらずだと眉間《みけん》を指で押さえる。政治家秘書から政治家になっても、谷崎は谷崎だ。いまだに、時々上総《かずさ》の携帯に電話をかけているという。

着信拒否されているため、この二年半一度も話していないらしいが、おそらく谷崎も承知のうえだろう。電話をかけたという事実で、まだ繋《つな》がっている気がするのかもしれない。

「そう言っていただけるのはありがたいですけど、そろそろお帰りください」

「冷たいなあ。俺も客なのに」

「客なら客らしく、営業時間を過ぎたら帰ってくださいって言ってるんですよ」

ここまで言うと、渋々谷崎が腰を上げる。まるでこっちが悪いとでも言わんばかりに恨みがましい視線を向けられたが、無視して追い払った。

「上総によろしく」

決まり文句を残して帰っていった谷崎を見送った和孝は、今夜の賄《まかな》い飯《めし》に取りかかる。本日のメニューは、塩辛と葱《ねぎ》を刻んで使った炒飯《チャーハン》と茄子《なす》の洋風煮浸し、オニオンスープだ。

手早く作り、いつものようにカウンター席に三人並んで腰かける。

「またふたりと同じ職場で働けるなんて思っていなかったなあ」

二年半前。BMがなくなったあと、調理師免許を取ると久遠に打ち明けたときには、明確なビジョンがあったわけではなかった。レストランをやろうと思い立ったのは、それから一年以上あとだ。

その頃、津守はもといた警備会社に戻っていた。畑のちがう飲食業へのスカウトには躊躇《ためら》ったものの、津守自身は親の経営する会社で働くことに飽きていたらしく、二つ返事で承諾を得た。

村方を誘ったのは、偶然だった。ちょうど電話をかけてくれ、近況を報告し合った際に人手が足りないという話をすると、村方から自分を雇ってほしいと請われたのだ。

村方なら、なんの不満もない。その場で和孝は返事をした。彼は容姿もさることながら物腰がやわらかく、『Paper Moon』に新規の客を呼び込んでくれた。

「僕は、すごく嬉しいです」

言葉どおり頰《ほお》を緩める村方に、和孝も笑顔になる。

「BMに比べたらずいぶんしょぼい店だけど」

自分にはこれくらいのほうが合っているような気がしている。BMは素晴らしい店だったし、あれ以上のクラブはないといまでも思うが、BMが必要だった時代はすでに終わっていたのかもしれないと、最近、たまに考える。

いろいろな軋轢《あつれき》が生じたのも、そのせいだったのだろうかと。

宮原《みやはら》は依然、行方知れずだ。渡英したと聞いたきり、イギリスのどこでなにをしているのか、ほとんど情報は入ってこない。

もっとも、和孝自身、積極的に捜そうともしていなかった。そのときがきたらきっとまた会えると、どういうわけか楽観視しているのだ。

「そういえば、さっき、オーナーと津守さんってどういう関係なのかって、きらきらした目をして聞かれましたよ。いったいどうしてそんな話になるのか、びっくりして戸惑ってしまいました」

急に困惑顔になると、村方は和孝と津守、交互に目をやる。

「ご想像にお任せしますって答えればいいんだよ。そういうのも含めて、接客だからな」

和孝の返答に、なるほどと村方は表情をやわらげる。

「面食らったのでついはぐらかしてしまいましたが、今度からそう答えます」

反して、津守はため息をついた。

「妙な噂《うわさ》が立っても知らないよ」

呆《あき》れているようだ。津守の目に最近の和孝は昔とちがって見えるらしく、先日も「おおらかになったというか、暢気《のんき》になったというか」と苦笑いしていた。

確かに、以前なら気になったいろいろなことを受け流せるようになった。自分の一部だったBMを失って初めて、BMがなくても普通に生活できると知った。なんとかなるものだと、開き直ったのかもしれない。

「大丈夫だって。女の子って、ちゃんとわかってて愉《たの》しんでるんだよ。あ、でも、男の客には友だち同士だってきっぱり答えてくれ。あとあと面倒くさいから」

はいと真面目《まじめ》に答える村方と、またため息をつく津守。

小さいながらも、大事だと思える店。

少し前には想像もしていなかった人生がここにある。

「それってちょっとわかります。僕も、おまえはなんでも信じやすいって親に言われるんですよね」

村方が頭を掻《か》く。

「まあ、基本、男は単純だから」

津守が肩をすくめた。

ふたりの間で和孝は、いいなあと頬を緩めた。

仕事のあと、仲間とご飯を食べながら雑談をする、そんな些細《ささい》な日常がいまは愉しくてたまらない。

「俺なんか、最近はうまいご飯が食べられればいいって思ってるから」

和孝が口を挟むと、ふたりの視線が一斉にこちらへ向いた。

「それは……ちょっと」

と、村方が言えば、

「隠居した年寄りみたいだな」

津守が呆《あき》れ顔《がお》で首を横に振る。

「しょうがないだろ。事実なんだから」

食べ終わった食器を手にして腰を上げた和孝は、右手をひらひらと振った。

「はいはい。年寄りは放っておいて、若者のみなさんはさっさとお帰りください」

追いやる勢いでふたりを送り出すと、残った片づけをすませる。日付が変わる頃になって灯《あか》りを落とし、店をあとにした。

マンションまでは徒歩で二十分ほどだ。夜の散歩にはちょうどいい距離で、毎日歩いて往復している。

「いい夜だな」

夜空を見上げたとき、上着のポケットで携帯電話が震え出した。店が終わるのを待ってかけてくる相手の顔がふたり浮かんで、どっちだろうかと予想をしてから確認する。

「当たった」

覚えず頬を緩めて電話に出ると、不思議そうな声が返ってきた。

『当たったって、なんのこと？』

すっかり大人びた声に、いや、とはぐらかす。「聡《さとし》か久遠さんか考えて、予想が当たった」なんて言うのは、子どもっぽくて照れくさかった。

『家庭教師に行ってきたよ』

聡の言葉で、今日からだったかと思い出す。家庭教師のアルバイトをしないかと聡に持ちかけたのは、和孝だった。

「どうだった？」

そろそろ塾に行くか家庭教師を頼むか、どっちがいいかと相談してきた孝弘《たかひろ》に、真っ先に聡の顔が浮かんだ。聡は奨学金制度を利用し、春から晴れて大学生になった。当初は反対していた母親も、働きながら勉強を続けた息子の姿に、次第に心を動かされていったようだ。

粘り勝ちだと聡は笑ったが、どれほど努力をしたかわかるだけに複雑な心境だった。どうしたって聡の母親に好意を持てないからだ。

とはいえ、聡がいいと言うならそれでいいと思うのもまた本心だった。父親との交流を拒否した自分とは正反対で、聡は一方的に我慢することで母親との問題を乗り切ってきた。聡本人は弱いせいだと言っているが、絶対にちがう。もし本当に弱い人間だったなら、いまの状況は到底望めなかったはずだ。

『うん。すごく聡明な子だと思う』

「だろ？」

身贔屓《みびいき》と承知で賛同する。

『気づいたら、似てるところを探してたりして』

不肖の異母兄に似ているのは気の毒だと思いつつ、好奇心でつい問い返す。

「似ているところ、あったか？」

『あったよ』

やわらかな声音で即答された。

『笑うと口角が上がるところ。ちょっと薄い瞳《ひとみ》の色。爪《つめ》の形』

続けざまに並べられて、自分で聞いておきながら一度携帯を耳から離す。似ているところがあったという事実もだが、聡が自分をよく見ていることになんとも言えず甘酸っぱい心地になる。

『さらさらの髪。あと――』

「もう十分」

それ以上聞いていられなくて、慌ててさえぎる。似ている部分を並べ立てるのはやめてくれたが、

『きっとすごく格好よくなるよ』

そんなふうにつけ加えられては、笑い飛ばすしかなかった。

「今日はやたら褒められる日だな。なにか落とし穴があるんじゃないかって心配になるくらいだ」

茶化した和孝に、聡が声を上げて笑う。大学受験をやり遂げたことで自信がついたせいだろう、自分と暮らしていたときよりずいぶんと朗らかになった。

「聡、ありがとう」

心を込めてそう告げる。

『僕のほうこそ。アルバイト探してたから助かった』

聡はアルバイトの件だけの礼だと思ったようだ。実際はそれだけではなかったが、否定しなかった。和孝が聡にもらったものは、言葉では言い尽くせないほどに大きい。

あの日、傷ついた聡を見つけたとき、声をかけたのはほんの気まぐれだった。いまはその気まぐれに感謝している。

「今度また孝弘と三人でご飯でも食べような」

電話を終え、胸にあたたかさが満ちるのを感じながら、いい気分で帰路を急いだ。

小走りでマンションに向かう道すがら、昔の出来事を脳裏によみがえらせる。

ちょうど十年前だ。

和孝も声をかけられ、拾われた。

あの夜は雨が降っていた。家を出たばかりで解放感から浮かれていて、わざと水たまりに入って飛沫《ひまつ》を跳ねさせ、くるりと回って、踊った。
一、二、三。ワン、ツー、スリー。
「アン、ドゥ、トロワー」

懐《なつ》かしさからおかしくなり、くるりとその場で回る。

見知らぬ男についていくなど無謀以外のなにものでもなかったが、いまから思えば、あのときの自分は好奇心のほうが勝っていたのだろう。きっと、それまでできなかったことをしてみたかったのだ。

久遠は、和孝が初めて目を奪われた男だった。

「一、二、三」

歩道の上でまたくるりとターンしたとき、視線に気がついた。

「なんだよ。声かけてくれればいいのに」

ばつの悪さに、唇を歪《ゆが》める。

前方に目をやると、マンションの前に停まっていた車が去っていくところだった。ルームミラーで見ているにちがいない沢木《さわき》に手を上げる。本人の強い意向で現在も久遠の車のハンドルを握っている沢木は、和孝に対する態度も相変わらずだ。何年たとうと沢木は沢木のままだった。

「愉しそうに見えたからな」

久遠が双眸《そうぼう》を細くする。明らかに面白がられているのがわかって、和孝は鼻に皺《しわ》を寄せた。

十七歳の頃の出来事を再現したあげく、それを当事者に見られるなんて――これほどみっともないことがあるだろうか。

「俺のことは気にせず続けてくれ」

さらには、これだ。

「悪趣味だな」

和孝は舌打ちをした。

――おまえ、頭が弱いのか？

雨の中、くるくると踊る和孝を見て久遠はそう言った。いつもなら腹を立てていたであろう一言も、そのときはまるで気にならず、かえって昂揚《こうよう》した。

自分はもう昨日までの自分じゃない。これまでの自分は捨てたんだ、と。

「あんたに下心があるなんて知らなかったから、俺、ついていったんだよ」

意趣返しのつもりでそう言うと、久遠がマンションを一瞥《いちべつ》した。

「まだ踊るつもりなら見ているし、そうじゃないなら、一緒に帰るか？」

「――――」

過去と現在が交差する。

――一緒に来るか？

すべてはあの一言から始まった。あの瞬間、和孝の人生は大きく変わった。

そして、いまは「来るか？」が「帰るか？」になった。その事実に、自分の過ごしてきた月日が無意味ではなかったと実感する。

久遠の傍《そば》に駆けていった和孝は、スーツの腕を取った。

「帰ろう」

ぐいと腕を引き、久遠を急《せ》かす。

「機嫌がいいな」

これには、大きく頷いた。

「俺の人生、案外バラ色かも」

差し引きゼロどころか、十分すぎるくらい満ち足りた日々だ。自分の城を得て、大事なひとたちに囲まれ、これ以上望むことはない。

「バラ色、か」

ふっと久遠がほほ笑む。穏やかなその横顔を前にして、たったこの程度でときめく自分の手軽さに呆れる一方で、愛《いと》おしくもなってくる。しぶとく十七歳の頃の初恋を叶えたのだから、胸を張ってもいいはずだ。

「ああ、いい月だね」

久遠の腕に手を添えたまま、夜空を仰ぎ見る。

丸い月は、ずっとそうだったように今夜もやわらかな光を放っている。誰しもが持っている、胸の奥深くについた傷痕を優しく癒してくれるようだ。

幸せだな、と思った。

心底惚《ほ》れた男に惚れられ、寄り添える人生はまさしくバラ色で、幸福に満ちている。傍《はた》から見れば特異な生き方で、今後も平穏にはほど遠い日々が待っているのだとしても、自分自身で選んだ人生だ。悔いはない。

全部乗り越えてやると、愛しい男のぬくもりを感じつつ、和孝は夜空に浮かぶ月に誓うのだ。

# 月《つき》の雫《しずく》

三島《みしま》四代目に代替わりした後、あちこちに駆り出されて不在がちだった久遠《くどう》だが、ようやく一段落ついたようだ。三日前に電話がかかってきた際には、めずらしく疲れた声で「年寄り連中は話がくどくて困る」とこぼしていたものの、概《おおむ》ねスムーズに運んだというので和孝《かずたか》はほっとした。

久遠が奔走している間、和孝がなにをしていたかといえば――調理師学校のパンフレットをあれこれ取り寄せ、熟読することに日々を費やしていた。

オープンスクールの申し込みを書く段階になっても調理師学校に入学しようとしている自分に戸惑いがあったので、本気で行くつもりかと何度となく自問したが、結局は同じ答えに辿《たど》り着《つ》く。

つまり自分は本気なのだろう。

ダイニングテーブルにつき、ペンを手にした和孝の耳に、『魔王』のメロディが聞こえてくる。その時点で口許を綻《ほころ》ばせる自分に呆《あき》れながら、テーブルの上の携帯電話を手にした。

「酒のつき合いはほどほどにするようにって、伝言」

開口一番、冴島《さえじま》からの忠告を伝えたのは、自分の希望でもあったからだ。暇にあかせて何度か冴島宅を訪問し、肝臓をやられた者を少なからず診《み》たと聞いたときには、洒落《しゃれ》にならないとぞっとした。弱った久遠なんて二度と見たくない。

『肝に銘じておく』

ふっと久遠が笑う。その声の背後に、微《かす》かに別の声が混じった。もうすぐ着きます、というその声の主は沢木《さわき》にちがいない。

「移動中？」

和孝の問いかけには、肯定が返る。

『もう着いたが』

「そうなんだ」

一段落したとはいえ、まだまだ忙しいんだな。そう続けるつもりだったが、思いもよらない一言にペンを落とした。

『玄関の鍵《かぎ》を開けておいてくれ』

「え」

慌てて窓の傍により、下を覗《のぞ》く。そこには陽光を浴びて輝く黒塗りのセダンが停《と》まっていて、沢木の開けたドアから久遠が降りてくるところだった。

「わー……場違い感、半端ないな」

真っ昼間、家族持ちの多く住むマンションに乗りつけるには不似合いな車と男たちだ。どうかエレベーターに乗り合わせる不運な住人がいませんようにと、半ば本気で祈りつつ、久遠がマンションの中に消えるまでじっと見つめる。

この部屋に久遠が訪ねてくるのは、和孝が自宅に戻って以来初めてのことだ。三日に一度程度電話はかかってくるとはいえ、実際会えるのはまだ先になるだろうと思っていた和孝にとっては、サプライズも同然だった。

窓際から離れ、玄関へと急ぐ。言われたとおり鍵を開け、久遠が現れるのをその場で待った。

まずなんと言おうか。気の利《き》いた言葉がまだ思いつかないうちに、ドアが開く。どうやら久遠は和孝が玄関で待機しているとは予想していなかったらしく、わずかに目を見開いたあと、ひょいと肩をすくめた。

「歓迎されている、と思っていいのか？」

電話でも十分、特に寂しいという感情はなかったはずなのに、いざ顔を見ると自分がどれだけ会いたかったのかを痛感する。こればかりは世の中の恋人たちと同じだ。

「暇だからね」

和孝は苦笑混じりで返し、自分から距離を縮めると久遠の首に両手を回した。

「大歓迎」

頬《ほお》に口づけ、にっと唇を左右に引く。サプライズのお返しのつもりだったが、結果的に失敗した。身を離し、リビングダイニングに戻ろうと半身を返そうとした和孝の腰に、久遠の腕が回った。

「大歓迎じゃなかったのか？」

意味深長な上目を流され、どきりとする。そんな気はなかったが、間近でマルボロと整髪料の混じった香りを嗅《か》ぐとなんとも言《い》い難《がた》い気分になってくる。

――腹が減ってるなら、なにか作るけど？

用意していた問いもどうでもよくなってくる。久しぶりに顔を見るのだから当然と言えば当然だし、それに、引き止めたのは久遠だ。開き直り、和孝は久遠の腕を取った。

「すぐ帰るとか言ったら、後悔すると思うよ？」

一言前置きをして寝室に誘い、シャツの前を開くと同時にベッドに乗り上がった。

「帰るわけにはいかないな」

久遠は口角を吊《つ》り上《あ》げ、スーツの上着を脱ぎ捨てる。ネクタイを解《ほど》き、ワイシャツの前をくつろげる姿にすら見惚《みと》れ、鼓動が速くなった。

ベッドの上で抱き合い、口づけから始める。何度経験してもこれ以上ないほど興奮するし、胸が熱くなる。身体《からだ》を重ねた回数のぶんだけ久遠が自分のものになっていくような、征服欲にも似た感情も込み上げた。

「で？　今日はもうゆっくりできる？」

先に確認した和孝に、背中に手を這《は》わせる傍《かたわ》ら久遠が答えた。

「広島に行ってくる」

「は？　広島」

啞然《あぜん》とし、身を離す。体内につきかけていた火も一瞬にして消えた。

「広島って、今日の話？」

広島への用事といえば、和孝もひとつだけ思い当たる。

「ようやく身体が空いた。といっても、日帰りする予定だ」

久遠が広島に行く目的はいつもひとつ、墓参だ。実父の旧友であり、あらゆる援助をしてくれたらしい木島《きじま》の墓に、不動清和会の若頭の座についたと報告できることは久遠にとっても誇りにちがいない。

久遠自身は強く望んで今日の立場になったわけではないようだが、木島の遺した組を盤石にしたのだから恩返しにはなったのだろう、と和孝も思っている。

「あのさ」

久遠に向き直った和孝は、ベッドの上で正座した。

「俺もついてっちゃ駄目かな。広島」

久遠に拒否されるのは承知のうえで持ちかける。なにを言っているのか、自分でも自分の心情がはっきりしないものの撤回する気はなかった。

突っぱねられたらしようがない。でも、もし許可が下りたときは遠くからでもいいから手を合わせたかった。

「絶対傍《そば》に寄らないし、邪魔しない。もちろん行き帰りも別々でいい。駄目かな」

身を硬くして返事を待つ和孝に、本気かとでも言いたげに久遠が眉尻《まゆじり》を上げる。もちろん本気だった。

両親の死が裏社会に入る原因だとすれば、木島はその道筋を作ったひとだ。いまの久遠がいるのは、木島というひとがいたからに他ならない。和孝は木島を知らないし、なんの恩も情もないが、久遠が親と慕う人間なら無視するのもおかしい気がした。

「暇だからか？」

和孝がつけ加えようとした言葉を、久遠に先に言われる。

「それも、ある」

確かに忙しいときなら広島に同行しようなんて考えなかったはずだ。時間の余っている現在だからこそ、これまでないがしろにしてきたことをしたかった。

「おまえがそうしたいなら」

拒否するにしても承諾するにしてももう少し焦《じ》らされるかと思っていたが、あっさり望む答えが得られる。

「本当にいい？」

念押ししたときも、久遠は特に思案するそぶりもなかった。久遠の周囲が安定しているおかげだろう。プライベートだからというのもあるかもしれない。

いった。

「往復の航空券を取ろう」

「同じ飛行機？」

これには苦笑が返った。

「こっちは新幹線だ。飛行機は、いろいろと都合が悪い」

一瞬ぴんとこなかったものの、久遠が自身を見下ろすジェスチャーをしたために合点がいった。

たとえ私的用件であったとしても、久遠の場合、必ず組員の誰かが同行する。飛行機に乗るには手荷物検査はもとより金属探知機もクリアする必要があるので、面倒を避けるには、たとえ時間がかかっても新幹線移動が無難なのだ。

「なら俺も新幹線で行くよ。大丈夫。自分で適当に切符取るから」

言葉にした途端、むしょうに落ち着かなくなる。そわそわしてきて、ベッドにいるにもかかわらず気もそぞろになった。

久遠の恩人の墓参に付き添うのだから当然だ。緊張する、と同時に愉《たの》しみでもあった。

久遠がため息をつく。

「ひとを寝室まで連れ込んでおいて」

「あ、ごめん。新幹線の時刻に間に合うのか、気になったから」

サイドテーブルの上に置いてある時計に目をやった和孝に、久遠は自身の腕時計を人差し指で示してみせた。

「一時間後にはここを出なきゃならない。まだその気があるなら、話をしている余裕はないぞ」

どうする？　と選択を委ねられた和孝が迷ったのは、ほんの二、三秒だった。

一段落ついたとはいえ、いまを逃せば次にいつ会えるかわからない。すでに何日もの禁欲生活を強いられている現状で、どうしたいかなんて決まっていた。

「あー……うん。俺は、軽くしたいかな」

それに、わずかな空き時間を縫って訪ねてくれた久遠の想いが、素直に嬉《うれ》しくもあった。

「軽く？」

「後悔させないとか言っといてあれなんだけど、広島に行ける程度にって感じで？　というか、久遠さんはどうなんだよ」

この状況でしたくないなんて言わせないと、口調に込める。

「わからないか？」

久遠がわずかに目を細めた。自分に向けられる熱いまなざしに心臓が跳ね、一度は消えた火もあっという間に再燃する。

「よくわかるよ」

　久遠の腕を取った和孝は、時間がないから——という以前に欲望のせいで気持ちが急《せ》き、すぐに行為に没頭していった。

　口づけを再開し、互いに邪魔な衣服を脱がせ合う。硬い腹に手のひらで触れると、久遠の昂《たか》ぶりを包み込んだ。
　二、三度撫《な》でて育てたあと、迷わず身を屈《かが》める。
「……ふ」

　久遠が吐息をこぼしたのがわかり、すぐに夢中になった。手淫《しゅいん》しながら先端を口に含んで愛撫《あいぶ》していたが、身体に久遠の手が這い回り始めるとままならなくなる。触られたところはもとより、触られていない場所までが切なく疼《うず》きだす。

　自然に腰を揺らめかせた和孝の髪に指を差し入れた久遠は、ぐいと身体を引き寄せたかと思うと、体勢を変えた。

　久遠の大腿《ふともも》を跨《また》ぐ格好で肌をまさぐられ、肩やうなじに何度も口づけられてたまらなくなる。身体じゅうが熱くなり、息が上がり、両手で久遠にしがみついた。

「うあ……んっ」

　背骨を指で辿《たど》られ、思わず喉《のど》が鳴った。尾てい骨まで下りた指は、そのまま入り口を割ってきた。

「軽くって……言っただろ」

久遠を責めたところで、こうも上擦った声では説得力は皆無だ。

「指だけ」

耳元で囁《ささや》かれると、無意識のうちに腰を浮かせて協力すらしてしまう。

「あ……」

濡《ぬ》れた指が中に挿《はい》ってきた。内壁をゆっくりと刺激され、勃《た》ち上《あ》がった性器から蜜《みつ》がこぼれる。

快感で全身に鳥肌が立ち、欲望に任せて久遠のものに自身を擦りつけた。

「うう……やっ」

一気に性感が高まり、久遠の肩に顔を埋《うず》める。丹念に中を掻《か》き混《ま》ぜられると快感とともに、さらなる欲求が湧《わ》き上《あ》がる。

もっと奥を刺激してほしい。それには到底指では足りなかった。

「厭《いや》？　抜くか？」

普段より甘く聞こえる声で耳語《じご》され、胸を喘《あえ》がせる。きっと久遠はなにもかも承知で聞いてきているのだ。

「抜かなくて、い……」

その証拠に、肩口に顔を埋めてかぶりを振った和孝の髪に口づけてから、熱のこもった声でそそのかしてくる。

「指を？　それとも、指以外のものにするか？」

「……っ」

脳天が痺《しび》れて、くらくらする。浅い呼吸をくり返しながら、和孝が迷ったのはほんの一瞬だった。

「……あとで困るのは、俺なんだけど」

こんな言い方をする時点で先を望んでいるも同然だったが、懸命に理性を手繰《たぐ》り寄せて抵抗を試みる。何度か意識を飛ばし、ベッドから起き上がれなくなった過去を思い出すまでもなく、自制すべきだというのはわかっていたのに――。

「困らない程度に、ならいいだろう？」

耳元で囁かれ、気持ちが揺れる。所詮《しょせん》、和孝の理性なんてその程度のものだ。

「だから、あんたが俺を困らせなかったことなんて、いままでな――ぁ」

最後の抵抗を試みたとき、指が抜かれた。身体を抱え込まれた――かと思うと、熱い屹《きつ》立《りつ》がそこに押し当てられた。

「あ、ううぅ」

入り口を開き、久遠が自身を割り込ませてくる。身体を穿《うが》たれる苦しさに、和孝は胸を喘がせ、久遠《さいな》の首にしがみついた。

圧迫感に苛まれるのはほんの短い間だ。馴《な》染《じ》んでしまえば、あとは愉悦と昂揚《こうよう》、繋《つな》がっているという安心感で満たされる。

久遠を奥まで迎え入れて大きく息をついた和孝の髪に、久遠が口づけてくる。汗で額に貼《は》りついた前髪を掻き上げながら、ふっと目許をやわらげた。

「俺はじっとしているから、おまえの好きにしてくれ」

久遠にしてみれば、譲歩なのだろう。実際、和孝もそう思ったので、絶対に動かないよう釘《くぎ》を刺してから実行に移した。

「ふ……」

腰を揺らしながら、口づけをねだる。久遠のもので擦られる快感に、徐々に動きを大胆にしていった。

「ちゃんとよくなれているか?」

久遠の指が、性器に絡んだ。

「……い、いい」

前と後ろからの刺激に頷《うなず》いた和孝は、いっそう身体をくねらせる。

すごくいい。が、いつもとちがい、どこか物足りなく感じてしまうのも本当だ。あの、頭の中が真っ白になって理性も羞恥《しゅうち》も欠片《かけら》まで吹き飛ぶような快楽は得られない。

「久遠、さんも……」

「俺も?」

「…………」

もっともそれを求めるとあとで悔やむはめになるというのは、和孝自身が誰よりわかっていた。

結局、葛藤《かっとう》しつつの行為になった。そのせいで、軽くなんて言ったくせにぎりぎりまでねだったのは和孝で、久遠にタイムリミットを告げられて渋々身体を退くはめになった。

「そんなに広島に行きたかったのか」

などと言ってきたところをみると、久遠は和孝が早々に音《ね》を上げると思っていたらしい。

「行きたいに決まってるだろ」

迷ったとは答えられず、体内にくすぶった火をなんとか鎮《しず》め、慌ただしく仕度に取りかかったのだ。

ざっとシャワーを使ったあと、久遠は普段着でいいと言ったものの一応スーツを身に着け、マンションの部屋を飛び出した。

そこからは別行動だ。久遠とは駐車場で別れ、自分で運転して東京駅に向かった。

新幹線で広島に向かう道中、和孝が考えていたのは木島のことだ。

木島本人については、週刊誌やネットで書かれている記事程度の情報しか知らない。久遠もほとんど話さないため、想像するにも限界があった。

それでもどこか親近感を覚えるのは、木島に対する久遠の態度によるところが大きい。木島組を守り、命日には必ず墓参りをし、ひとり娘をそれとなく気にかけている。そういえば久遠が木島の妻に対して特別な感情があったと言っていたのは、誰だったか。疑いを抱いたときもあったが、いまとなってはどうでもよかった。

ふと視線を感じて、隣に目をやる。

四、五歳の子どもが和孝を凝視していた。どうやら父親と一緒に野球観戦に行くらしく、親子ともども帽子にユニフォーム、鳴り物用グッズとフル装備だった。

「やきゅう、すき？　どこのファン？」

子どもに問われ、口ごもる。特にどこのファンでもないが、それを子どもに対して正直に言うのはどうかと思った。かといって、適当に球団名を口にするのはもっと躊躇《ためら》われる。

「お父さんと野球観戦？　いいなあ。俺は一回もそういうのないから」

子どもが期待した答えではないと承知で、事実を口にする。と、昂揚のためか子どもの頬が赤く染まった。

「かわいそう。おれなんて、さんかいめ。このまえパパにこれ、かってもらったんだ」

帽子を指差し、自慢そうに瞳《ひとみ》を輝かせるその表情を前にし、顔が綻《ほころ》ぶ。親子仲のよさが伝わってきて、ほほ笑ましかった。

「こら。やめなさい」

父親が慌てて謝罪してくる。首を横に振った和孝は、冴島の診療所で出会った子どものことを思い出す。

子どもは正直だ。取り繕ったりごまかしたりしないぶん、はっとさせられることもある。どこかに連れていってもらった記憶のない自分の子ども時代は可哀相だったのかと、少なくともどこかへ連れていってほしいと望んでいた頃もあったのかと、和孝は指摘されるまで気づかなかった。

今度診療所を訪ねるときは、待ち時間に遊べる玩具《おもちゃ》のひとつも持っていくか。そんなことを考えていたせいか、数時間の道程をさほど長く感じずにすんだ。

新幹線を降りると、近くまで電車で移動する。そこからタクシーに乗り、途中で花と線香を買いに立ち寄ってから目的地を目指した。小高い山の中腹にある寺に到着する頃には陽が落ち、あたりは夜の様相を漂わせていた。

都会の喧騒《けんそう》とは無縁で、静かな場所だ。青臭く、湿った空気が不快ではない。

木々に囲まれた石段を上がっていくと、門の前に黒ずくめの男がふたり立っていた。久遠の御付きの者だろう。

偶然居合わせた檀家《だんか》を装い、一礼して通り過ぎる。境内の奥へと足を進めた和孝は、目を閉じ、木島の墓に手を合わせる久遠の姿を見つけて立ち止まる。いったん引き返そうとしたとき、周囲にアンテナを張り巡らせている男の顔がこちらを向いた。

　離れた場所からでも彼——沢木が驚いているのがわかる。

　きっと、おまえがなんでここにいるんだと言いたいはずだ。これでは邪魔をしないようにと別行動にした意味がない。すぐさま回れ右をする。

「和孝」

　しかし、久遠本人に呼び止められては無視するわけにいかなくなった。

「ごめん。見つかった」

　申し訳ない気持ちで歩み寄り、身を縮める。

「構わない。いまこの寺にいるのは、俺たちだけだ」

　その言葉で、久遠が別行動を取った理由を察した。木島の墓参だからではなく、新幹線の往復は一般の人たちの目につく公共の場だからだ。やくざにはならないと言った和孝の意思を尊重してくれたのだろう。

　久遠は和孝の手にある花を見て、木島の墓の前に促した。

「俺は、沢木くんのあとでいいよ。おまけみたいなものだから」

「え」

　縁故が深い者からという意味だったのに、普段冷静な沢木があからさまに狼狽《ろうばい》する。肩を揺らし、頰を引《ひ》き攣《つ》らせる沢木を不思議に思った和孝だったが、すぐにその理由が明らかになる。

「俺は——いつも心の中で手を合わせてるんで」

つまり、久遠の恩人である木島の墓に参るなど畏《おそ》れ多《おお》いと思っているらしい。じりっと後退《あとじさ》りする様子に、どうしたものかと久遠を窺《うかが》った。

沢木を差し置いて、完全に部外者である自分が割り込むのが躊躇われたのだ。かといって、このままなにもせず東京へとんぼ返りするというのもしっくりこない。

「ふたりで並んで参ったらどうだ。木島の親父《おやじ》は賑《にぎ》やかなのが好きだったから、きっと喜ぶ」

久遠の提案にほっとした和孝に反して、忠義の男である沢木はいつになく動揺を見せる。額にはびっしょりと汗を搔き、まるでいまから討ち入りにでも向かうような形相で顎《あご》を引いた。

「そう、させてもらいます」

沢木に血走った目でアイコンタクトを送られ、和孝は隣に立つ。こうなってくると、「自分も墓参する」と言ったこと自体、間違いだったような気がしてくる。和孝にしても軽いノリではなかったが、沢木と比べるとどうしても安易に思えてくる。

居たたまれない心地を味わいつつ、手早く、心を込めて花と線香を供える。手を合わせた和孝は、どうか久遠を見守っていてくださいと胸中で木島に頼み、短い墓参を終えた。

「ありがとう」

　礼を告げると、久遠は黙って頷く。なにを考えてか、その目は木島の墓石に向けられたままだ。しばらくの間、和孝も口を閉じ、久遠の横顔を見つめていた。

　言葉少ない久遠との会話を愉しめるばかりか、沈黙ですら心地いいと感じるようになったのは最近のことだ。少しは大人になって久遠に近づけたのかもしれない。横顔を眺めながら、俺もそれなりに頑張ってきたよなと自画自賛する。

　もっとも和孝より久遠のほうが確実に耐え、努力をしただろう。自分の扱いにくさは、もうわかっているつもりだ。

　気を利かせたのか、いつの間にか沢木は離れ、こちらに背中を向けていた。

　もうちょっとだけここにいたい、和孝がささやかな希望を抱いたときだ。無粋にもバイブ音が邪魔をする。上着のポケットから携帯電話を出した久遠の表情で、かけてきたのが誰であるか見当がついた。

「今夜は広島だと伝えたはずですが」

　久遠はうんざりした様子を隠そうとしない。実際、三島《みしま》の度重なる誘いには閉口していると聞く。

　静かな時間を強制的に終わらせた三島に、和孝もむっとし自然に眉根が寄った。

「もみじ饅頭《まんじゅう》？　旅行に来たわけじゃないんですよ。言っておきますが、途中下車もしません」

相変わらず三島には苦労させられているようだ。子どもっぽい嫌がらせと片づけられないのは、相手が三島だからだ。

ふいに、久遠の表情が変わった。和孝を一瞥《いちべつ》し、

「――なんのために？」

電話の向こうに疑問を投げかける。いったい三島はどんな無理難題を押しつけているのか、和孝が心配している間にも久遠の眉間《みけん》に縦皺《たてじわ》が刻まれる。

まさか抗争が……。

久遠に問おうと口を開いた和孝に、携帯電話が差し出された。

「労《ねぎら》いたいそうだ」

「え、俺？」

半信半疑だったが、久遠自身、渋々なのだろう。仏頂面から三島に対する不信感が見て取れる。和孝が警戒心を隠さず久遠の携帯を受け取り、耳にやってみると――。

『BM《ビーエム》の兄ちゃんか――ああ、BMは焼けちまったから、いまはただの、見た目のいい兄ちゃんだな』

ははは、と豪快な笑い声が耳に届く。挨拶《あいさつ》もなく開口一番の台詞がこうなのだから、労うどころか嫌みにしか聞こえない。

「――ご無沙汰《ぶさた》しています」

　こめかみがぴくぴくと痙攣《けいれん》するのを感じながらそう返したが、やはり三島は三島だ。

『そのうち俺が兄ちゃんごとBMをいただくつもりだったのに、残念だ』

　できたばかりの瘡蓋《かさぶた》を毟《むし》ってくるような無神経な言葉が返され、返事に詰まる。三島にとって、敵にも味方にもならない人間など子ども同然なのだろう。久遠への嫌がらせで、和孝を電話口に出させたにすぎない。

　ぐっとこぶしを握った和孝だが、この後の一言は予想だにしていなかった。

『まあ、これくらいの仕返しは許せ。BMが焼けたあの日は俺が先約だったんだ。兄ちゃんのせいで待《ま》ち惚《ぼう》けを食《く》らわされちまった』

「――――」

　久遠を見る。渋い顔をしている久遠は、和孝と目が合うといっそう顔を歪《ゆが》めた。我慢も限界だったのか、和孝の手から強引に携帯電話を取り戻すと、電話の向こうに素っ気ない声を投げかける。

「もういいですか。いままだ寺なので、東京に戻ってから連絡します」

　そう言うが早いか、電話を切ってしまう。

「平気?」

　仮にも上司なのであとで厭《いや》な目に遭わないかと言外に問うと、携帯をポケットにしまった久遠が、疲れた仕種で髪を掻き上げた。

「どっちにしても嫌がらせはされるんだ。あのひとが満足するまで堪《しの》えるしかない」

三島にしてみれば牽制《けんせい》の意味もあるのだとしても、久遠の苦労が偲ばれ、和孝は背中に手を添える。

久遠の眉間の皺が解かれた。

「あの夜、三島さんとの約束をすっぽかしたんだってね。俺のせいだって言われた」

「ああ」

端整な顔に笑みが浮かぶ。

「どうせ俺がいなくてもすむ用事だった」

それでも、迷わず久遠が自分を優先してくれたという事実は重要で、いまさらながらに胸がときめく。

「そっか。俺は、久遠さんがいなかったら困るもんな」

口にしたはいいが、急に照れくさくなって先に立って歩きだした。久遠が肩を並べてきたので、門までの、ほんの数十メートルを夜の散歩と洒落込《しゃれこ》む。

「久遠さん」

自分たちを見ているのは、月だけだ。沢木はきっと目をそらしてくれるだろう。その状況が和孝を大胆にさせる。

門の前まで来たとき、目と鼻の先に御付きがいると承知で足を止めた和孝は、背伸びをして久遠に口づけた。

「できるだけ早く、この続きをしに来て」

一言でまた足を踏み出し、門をくぐり抜ける。石段をぴょんぴょんと跳ねるように下りながら、自然に頬が緩んだ。

少しは久遠もどきどきしただろうか。なんにしても、きっとすぐに時間を作って会いにきてくれるにちがいない。

そう思うと、待つ時間も悪くないような気がするのだから我ながら現金だ。

「待ってるよ」

いつでも、いつまでも。

多少立場や環境が変わろうと、この先もずっと久遠を待つ生活を送っていく自分が容易《たやす》く想像できる。

いや、想像ではない。

それは明確な未来だ。

# あとがき

こんにちは。久しぶりの「ＶＩＰ《ブイアイピー》」をお届けできる運びとなりました。

いま調べてみましたら、前巻からちょうど三年ぶりの刊行のようです。月日の流れの速さに慄《おのの》きました。

やくざものなのにぬるいところが私らしいと友人知人に言われた頃が懐《なつ》かしいです。「やくざもの、どうですか」と担当さんの一言から始まったＶＩＰシリーズも今作で十巻目となり、ひと区切りつきました。思い起こせば一巻目が発売されてからすでに十年以上の年月がたっていますし、長いつき合いになってきたので個人的に思い入れも一入《ひとしお》のシリーズとなりました。

それもこれもひとえに読み続けてくださる方がいらっしゃるおかげだと感謝してます。

さて、ここから内容にちょっとだけ触れますので、苦手な方は本編を先に読んでくださると助かります。

久遠《くどう》が和孝《かずたか》に愛の言葉っぽいものを口にしたら終わろうと担当さんと話しておりました

ので、ひと区切りの今回、それらしい展開になっているかと思います。最初はぎくしゃくしていたふたりも、少しずつ歩み寄って十巻かけて普通のカップルになりました。

私的には三巻目の『蠱惑《こわく》』のあたりから最後までの流れはぼんやりと考えていたので、それに従ったという感じでしょうか。

とはいえ、いろいろなことがまだ放りっぱなしですし、主人公のふたりもまだ書き足りない感はありますので、今後もおつき合いいただけるといいなあと祈るばかりです。

ひとまず次巻は宮原《みやはら》のターンです。

宮原の過去や現在も見守ってくださると嬉《うれ》しいです。

今作では、佐々《さっさ》先生の描きおろしイラストが見られなくてとてもとても残念ですが、毎回ため息ものの素敵《すてき》なイラストをつけてくださった先生には感謝の念に堪えません。ありがとうございます！

そして、担当さんにもお世話になりっぱなしで……どうお礼を伝えればいいかわからないくらいです。

最後に、読者様へ。

愛着のあるシリーズを私に与えてくださって本当にありがとうございます！

ではでは、ひとまずこれにて。次回、宮原編でお会いできますように。

高岡《たかおか》ミズミ

『VIP《ブイアイピー》 残月《ざんげつ》』、いかがでしたか？
高岡《たかおか》ミズミ先生、イラストの佐々成美《さっさなるみ》先生への、みなさまのお便りをお待ちしております。

高岡ミズミ先生のファンレターのあて先
〒112-8001 東京都文京区音羽2-12-21 講談社 文芸第三出版部「高岡ミズミ先生」係

佐々成美先生のファンレターのあて先
〒112-8001 東京都文京区音羽2-12-21 講談社 文芸第三出版部「佐々成美先生」係

N.D.C.913　218p　15cm

高岡ミズミ（たかおか・みずみ）
山口県出身。デビュー作は「可愛《かわい》いひと。」（全9巻）。
主な著書に「ＶＩＰ《ブイアイピー》」シリーズ、「薔薇王院《ばらおういん》可憐《かれん》のサロン事件簿」シリーズ。
ツイッター　https://twitter.com/takavivimizu
HP　http://wild-f.com/

講談社X文庫

white heart

# ＶＩＰ《ブイアイピー》　残月《ざんげつ》

高岡《たかおか》ミズミ

●

2016年12月26日　第１刷発行

定価はカバーに表示してあります。

発行者――鈴木　哲
発行所――株式会社　講談社
東京都文京区音羽2-12-21 〒112-8001
電話　編集　03-5395-3507
販売　03-5395-5817
業務　03-5395-3615
本文印刷―豊国印刷株式会社
製本―――株式会社国宝社
カバー印刷―半七写真印刷工業株式会社
本文データ制作―講談社デジタル製作
デザイン―山口　馨



ISBN978-4-06-286840-2

# 講談社X文庫ホワイトハート・大好評発売中！

## VIP

高岡ミズミ
絵／佐々成美

あの日からおまえはずっと俺のものだった！　高級会員制クラブBLUE MOON。そこで働く柚木和孝には忘れられない男がいた。和孝を初めて抱いた久遠。その久遠と思いがけず再会を果たすことになるが!?

## VIP　棘

高岡ミズミ
絵／佐々成美

俺は、誰かの身代わりになる気はない！　久遠の恋人になった和孝だが、相変わらず久遠がなにを考えているのかさっぱりわからない。そんなある日、久遠の昔の女が現れる。一方、BMには珍客が訪れ!?

## VIP　蠱惑

高岡ミズミ
絵／佐々成美

新たな敵、現れる!!　高級会員制クラブBMのマネージャー柚木和孝の恋人は、指定暴力団不動清和会の若頭・久遠彰允だ。ある日、柚木の周囲で不穏な出来事が頻発して!?

## VIP　瑕

高岡ミズミ
絵／佐々成美

どこまで欲深くなるんだろう——!?　高級会員制クラブBMのマネージャー和孝が指定暴力団不動清和会の若頭・久遠と付き合うようになって半年が過ぎた。惹かれるほど和孝は不安に囚われていって!?

## VIP　刻印

高岡ミズミ
絵／佐々成美

離れていると不安が募る……。高級会員制クラブBMのマネージャー和孝と指定暴力団不動清和会の若頭・久遠とは恋人同士だ。だが、寡黙な久遠の本心がわからず、いらついた和孝は……!?

# 講談社X文庫ホワイトハート・大好評発売中！

## VIP 絆
高岡ミズミ
絵／佐々成美

久遠と和孝、ふたりの絆は……!? 高級会員制クラブBMのマネージャー和孝は、不動清和会の若頭・久遠の唯一の恋人だ。久遠に恨みを持つ男の下へ乗り込んだ和孝だったが、そこで待っていたものは!?

## VIP 蜜
高岡ミズミ
絵／佐々成美

久遠が結婚!? そのとき和孝は……。高級会員制クラブBMのマネージャー和孝は、不動清和会の若頭・久遠の唯一の恋人だ。ある日、和孝の耳に久遠が結婚するという話が聞こえてきたのだが……!?

## VIP 情動
高岡ミズミ
絵／佐々成美

極上の男たちの恋、再び！ 高級会員制クラブのマネージャー柚木和孝は、冴島診療所の居候になり、花嫁修業のような毎日だ。一方、恋人である暴力団幹部の久遠には跡目争いの話が!?

## VIP 聖域
高岡ミズミ
絵／佐々成美

俺は……あんたのものじゃないのか？ 選ばれた者だけが集うことを許される高級会員制クラブBLUE MOONのマネージャー柚木和孝の恋人は、不動清和会幹部の久遠彰允だが、跡目争いに巻き込まれ!?

## 青の華燭
高岡ミズミ
絵／雪舟 薫

ずっと憧れていた、でも……。大学生の空和が一緒に暮らしているのは、圧倒的な美貌の持ち主で保護者の蓮見洸仁だ。家族のように暮らしていたふたりだが、洸仁には大きな秘密があり!?

## 募集要項

**■内容**

ホワイトハートにふさわしい小説であれば、ジャンルは問いません。商業的に未発表作品であるものに限ります。

**■資格**

年齢・男女・プロ・アマは問いません。

**■原稿枚数**

ワープロ原稿の規定書式【1枚に40字×40行、縦書きで普通紙に印刷のこと】で85枚～100枚程度。

**■応募方法**

次の3点を順に重ね、右上を必ずひも、クリップ等で綴じて送ってください。

1. タイトル、住所、氏名、ペンネーム、年齢、職業（在校名、筆歴など）、電話番号、電子メールアドレスを明記した用紙。
2. 1000字程度のあらすじ。
3. 応募原稿（必ず通しナンバーを入れてください）。

ご注意

○ 応募作品は返却いたしません。

○ 選考に関するお問い合わせには応じられません。

○ 受賞作品の出版権、映像化権、その他いっさいの権利は、小社が優先権を持ちます。

○ 応募された方の個人情報は、本賞以外の目的に使用することはありません。

背景は2008年度新人賞受賞作のカバーイラストです。
真名月由美／著　宮川由地／絵『電脳幽戯』
琉架／著　田村美咲／絵『白銀の民』
ぽぺち／著　Laruha（ラルハ）／絵　『カンダタ』